Ullstein

W0286321

ÜBER DAS BUCH:

Die Wirren des chinesischen Bürgerkriegs bilden den Rahmen für das packende Geschehen dieses Romans. In der Missionsstation von Kwangtung finden eine Handvoll grundverschiedener Menschen zueinander: der alte, brummige Monsignore Fitzgibbon und sein junger, aufbrausender Nachfolger, Pater O'Banion, die von den Rotarmisten im ausgeplünderten Pfarrhaus gefangengehalten werden, Hosan, der Anführer der Soldaten und ehemalige Schützling Monsignores, den Verblendung und Ehrgeiz zum Peiniger der beiden Gefangenen machen, und das stolze und tapfere Chinesenmädchen Siu-lan, das den Menschen, die es liebt, im Augenblick höchster Gefahr Hilfe und Rettung bringt.

DIE AUTORIN:

Pearl S. (Sydensticker) Buck, geboren am 26. 6. 1892 in Hillsboro, West Virginia, wuchs als Tochter des Missionars Sydensticker in China auf. Nach Studien in den Vereinigten Staaten kehrte sie (bis 1935) nach China zurück, wo sie 1917 den Missionar John L. Buck heiratete. 1922–1932 war sie Professorin für englische Literatur an der Universität Nanking. Als Mittlerin zwischen China und dem Westen erhielt sie für ihren Roman *Die gute Erde* (UB 20705) 1932 den Pulitzerpreis und 1938 den Nobelpreis für Literatur. Pearl S. Buck starb am 6. 3. 1973 in Danby, Vermont.

Pearl S. Buck

Das Mädchen von Kwangtung

Roman

Ullstein

ein Ullstein Buch
Nr. 23861
im Verlag Ullstein GmbH,
Frankfurt/M – Berlin
Titel der Originalausgabe:
»Satan Never Sleeps«
Einzig berechtigte Übersetzung
aus dem Amerikanischen von
Maria Meinert

Ungekürzte Ausgabe

Umschlagentwurf:
Hansbernd Lindemann
Foto: Hideki Fujii
The Image Bank
Alle Rechte vorbehalten
Taschenbuchausgabe
mit freundlicher Genehmigung
des Scherz Verlag, Bern und München
© by Scherz Verlag, Bern und München
Gesamtdeutsche Rechte beim
Scherz Verlag, Bern und München
Printed in Germany 1996
Druck und Verarbeitung:
Clausen & Bosse, Leck
ISBN 3 548 23861 0

Juni 1996
Gedruckt auf alterungs-
beständigem Papier mit
chlorfrei gebleichtem Zellstoff

Von derselben Autorin
in der Reihe
der Ullstein Bücher:

Die gute Erde (20705)
Das Mädchen Orchidee (23238)
Und fänden die Liebe nicht (23574)
Der Regenbogen (23637)
Alle unter einem Himmel (23706)
Peony (23734)
Die beiden Schwestern (23749)
Über allem die Liebe (40146)

Die Deutsche Bibliothek –
CIP-Einheitsaufnahme

Buck, Pearl S.:
Das Mädchen von Kwangtung:
Roman / Pearl S. Buck.
[Einzig berecht. Übers. aus dem
Amerikan. von Maria Meinert]. –
Ungekürzte Ausg. –
Frankfurt/M; Berlin: Ullstein, 1996
(Ullstein-Buch; Nr. 23861)
Einheitssacht.: Satan never sleeps ⟨dt.⟩
ISBN 3-548-23861-0
NE: GT

DIE SONNE GLITZERTE auf dem Wasser der Reisfelder. Pater O'Banion, der an diesem Frühsommermorgen rittlings auf einem kleinen Esel durch die Provinz Kwangtung in China trabte, wischte sich mit dem Zipfel seines Ärmels den Schweiß aus dem Gesicht. Seine langen Beine, die in blauen chinesischen Baumwollhosen unter der Soutane hervorlugten, baumelten nur wenige Zentimeter über der festgetrampelten Erde des schmalen, erhöht zwischen den Feldern dahinlaufenden Pfades. Seine aus schwarzem Stoff angefertigten chinesischen Schuhe mit den dicken, weißen, gesteppten Sohlen waren mit Bindfäden an seinen Füßen befestigt. Die Füße, wie auch sein übriger Körper, waren ungewöhnlich groß, und Siu-lan, das junge Mädchen in seiner Gemeinde, hatte gelacht, als es ihm die Schuhe zum Abschied schenkte.

»Marschieren Sie damit zum Himmel, Pater«, hatte sie gesagt. »Die Engel werden auch lachen, wenn sie diese Quadratlatschen sehen.«

Ein impertinentes Geschöpf, dachte er empört und ärgerte sich heftig, als ihm einfiel, daß er nicht gewußt hatte, was er darauf erwidern sollte. Er hatte einfach vor ihr gestanden und in ihr rundes, hübsches Gesicht gestarrt. Hübsch? Möge Gott ihm das Wort verzeihen. Was er hätte sagen sollen, war unausgesprochen geblieben.

»Groß oder klein«, das wäre die passende Antwort gewesen, »meine Füße sind so, wie Gott sie geschaffen hat.«

In diesem Augenblick blieb der Esel stehen, und seine zierlichen Beine zitterten. Er hob den Kopf und stieß ein lautes, empörtes Geschrei aus.

»I-i-a! I-a-ia – «

»Na, na, Thomas«, erwiderte Pater O'Banion. »Es stimmt schon, was du mir da erzählen willst. Mir ist auch heiß,und ich habe ebenfalls Hunger. Auch weiß ich sehr gut, daß ich der größere von uns beiden bin. Das brauchst du mir nicht immer wieder einzubleuen, Thomas. Du bist nicht besser als die Mädchen. Kann ich etwas dafür, daß Gott mich so geschaffen hat? Gott und Irland miteinander – «

Er wartete. Doch der Esel rührte sich nicht vom Fleck; er warf nur den Kopf zurück und blähte die Nüstern.

»Thomas«, begann Pater O'Banion von neuem. Seine Stimme war bei all seiner Größe sanft und überredend. »Komm, Thomas.« Er streckte die rechte Hand aus, während er den Seilzügel fest in der Linken behielt, und streichelte den behaarten Hals des Esels. »Thomas, ich würde gern absteigen, aber ich wage es nicht. Du weißt ja wohl noch, was beim letzten Mal passierte. Du saustest plötzlich durch die Reisfelder und schlepptest mich hinter dir her. Ich traue dir nicht ein zweites Mal, obgleich es mir in der Seele weh tut, daß du meine Last tragen mußt.«

Der Esel ließ unter diesen vorwurfsvollen Worten

den Kopf sinken. Aber Pater O'Banion redete weiter.

»Thomas, mein Bürschchen, versuche es auch nicht mit dem Trick, unter mir zusammenzubrechen. Der ist schon alt. Und ich brauche mich nur auf meine eigenen Füße zu stellen; dann kannst du mich nicht abwerfen.«

Er zog energisch am Zügel. »Nun zu, wir haben nur noch eine kurze Strecke vor uns. Dann bekommst du dein Heu und ich mein Mittagessen, und wir werden uns als gute Christen gegenseitig alles verzeihen.«

Durch den straffen Zügel gezwungen, zeigte der Esel die Zähne, machte seine Beine steif und setzte sich in Trab. Pater O'Banion preßte die Knie gegen den chinesischen Holzsattel, ließ die zu kurzen Steigbügel fliegen und hielt mit der rechten Hand seinen Tropenhelm fest.

»Nanu, Thomas«, rief er. »Nicht so hastig, Thomas. Sonst landen wir beide im Wasser – und du verabscheust das Wasser, das weißt du doch – «

Seine Worte verloren sich. Der Esel trabte flott den Pfad zu der mit runden Steinen gepflasterten Landstraße hinab, wo er einen staubigen Erdstreifen statt der Steine wählte und ohne einzuhalten mehrere hundert Meter dahinraste, bis er durch ein offenes Holztor in den Hof der Pfarrei von San-li-Wan trappelte. Dort blieb er neben einem kleinen Lotosteich stehen, schob die rosa Blüten mit der Nase beiseite und trank laut schlürfend mit großem Genuß. Pater O'Banion glitt stöhnend aus dem Sattel.

»Meine Blasen, Thomas! Ich bin ganz zerschunden, Bursche! Du bist wirklich erbarmungslos. Wie soll ich mich bloß mit Monsignore zu Tische setzen? Oh, diese harten chinesischen Stühle – ach, du böse, unbarmherzige Kreatur, ich weiß nicht, warum ich dich eigentlich davor bewahren soll, dich zu Tode zu saufen!«

Er zupfte am Zügel. »Komm, Thomas, du bist zu erhitzt, mein Bürschchen – du kannst es dir nicht leisten, dich wie ein Faß mit kaltem Wasser anzufüllen! Du wirst krepieren, Thomas. Sei doch nicht so eigensinnig!«

Er stemmte seine großen Fäuste gegen die Schulter und den Rumpf des Esels und schob mit der ganzen Kraft seines riesigen Körpers. Der Esel spreizte alle vier Beine, um einen besseren Halt zu bekommen, und wich nicht vom Fleck. »Ich werde dich heben müssen, du verwöhnte Kreatur«, murmelte Pater O'Banion.

Mit diesen Worten ergriff er die Hinterbeine des Esels und hob sie vom Boden auf. Zweibeinig gab das Tier nach. Pater O'Banion trat langsam zurück, und die Vorderfüße des Esels folgten. Dann ließ er das Hinterteil wieder fallen und band ihn mit dem Zügel an einen kräftigen Bambusstamm in der Nähe des Teiches.

»So, mein lieber Thomas«, sagte er. »Ich beraube dich höchst ungern deines Vergnügens. Aber du erinnerst dich ja wohl noch an die furchtbaren Bauchschmerzen, die du bekamst, als du das letztemal in erhitztem Zustande kaltes Wasser trankst.«

Der Esel hob den Kopf und stieß laut ein höhnisches und rebellisches I-a aus.

»Keine Widerreden«, begann Pater O'Banion und brach ab.

Denn in diesem Augenblick stürzte eine kleine, mit einer Soutane bekleidete Gestalt aus der Kirche, die rechts von dem zweistöckigen Pfarrhaus stand. Pater O'Banion sank das Herz in die Knie. Er wandte sich ab, um sich heimlich und hastig zu bekreuzigen. Dann trat er vor die kleine wütende Gestalt seines Vorgesetzten hin und begann mit weicher, schmeichelnder Stimme von neuem:

»Ich weiß, was Ihnen auf der Zunge liegt, verehrter Monsignore. Ich weiß es in der Tat sehr gut, aber – «

»Schweigen Sie!« donnerte Monsignore Fitzgibbon, und seine tiefe Stimme hallte durch den Hof. Der Torwächter, der im Torhaus ein Schläfchen hielt, sprang, wie von einer Tarantel gestochen, aus dem Bett, und ein einfacher chinesischer Priester, der die Dienste des Kochs verrichtete, steckte den glattgeschorenen Kopf zur Küchentür hinaus. Thomas, der Esel, stand mit gesenktem Kopf sanft wie ein Lamm da.

»Ja, Monsignore«, flüsterte Pater O'Banion. »Wie ich schon sagte – «

Hastig wich er zurück, als Monsignore Fitzgibbon, behende wie ein Grashüpfer, vortrat und die Ärmel seiner Soutane zurückschob.

»Haben Sie nicht gehört, daß ich Sie schweigen hieß?« fragte er. Sein kleines, rundes Gesicht, so weiß und rosig wie die Haut eines Babys, war plötzlich von Wut verzerrt.

»Allerdings«, erwiderte Pater O'Banion, »aber wie ich schon sagte – «

»Das Sagen ist jetzt an mir und nicht an Ihnen«, entgegnete Monsignore Fitzgibbon. Er stemmte die Hände in die Hüften und blickte zu dem baumlangen Priester empor.

»Ja, Sir«, flüsterte Pater O'Banion.

Monsignore maß ihn von Kopf zu Fuß. »Zum Teufel, wo haben Sie eigentlich gesteckt? Seit zwei Monaten warte ich darauf, daß Sie aus dem Innern wieder hier erscheinen. Vor Wochen schon habe ich aus Irland Anweisung erhalten, mich sofort auf den Weg zu machen. Wo sind Sie gewesen, Sie Deserteur? Habe ich Ihnen nicht ausdrücklich gesagt, Sie möchten am dreißigsten März zurück sein? Soll ich etwa sterben, ohne die alte Heimat wiedergesehen zu haben? Seit mehr als zehn Jahren steht mir ein Urlaub zu, und wenn ich ihn endlich erhalte, muß ich auf Sie warten, auf Sie und Ihren Esel, und wer von beiden der größere Esel ist, läßt sich schwer sagen, Sie Dickkopf!«

»Hören Sie doch bitte«, flüsterte Pater O'Banion.

»Ich höre nicht«, schrie Monsignore.

»Aber ich konnte nichts dafür, das schwöre ich Ihnen«, wandte Pater O'Banion ein. »Ich hatte solche Schwierigkeiten – «

Hier wurde er unterbrochen. Thomas, der Esel, hob den Kopf, öffnete den Mund und zog die Lippen zurück, um zu kichern.

»I – I – I – a!«

»Aus dem Munde eines Esels«, höhnte Monsignore und reckte sich zu seiner vollen Höhe von einem Meter siebenundfünfzig. »Kein Wort mehr, alle beide!« sagte er streng. »Ich habe keine Zeit dafür. Alles ist gepackt und zum Aufbruch bereit. Keine Minute darf vergeudet werden! Die Roten nähern sich von Norden, wie Sie sehr wohl wissen, O'Banion, und ich will hier nicht von den Schurken erwischt werden. Die Arche Noah steht schon seit Wochen vor dem Hintertor, und nun springt zu allem Unglück der Motor nicht an. Das kommt von all dem Warten und dem Wetter. Und davon, daß niemand da ist, der es versteht, mit dem Wagen umzugehen.«

Pater O'Banion seufzte: »Verzeihen Sie, daß ich davon spreche. Aber ich bin sehr hungrig. Ich werde einen Happen essen und dann – «

»Es gibt keinen Happen zu essen«, erklärte Monsignore. »Sie werden unverzüglich den Wagen in Gang bringen, damit ich endlich abfahren kann.«

»Aber wie steht's mit den Instruktionen für die Zeit Ihrer Abwesenheit? Ich habe noch nie einen Pfarrbezirk allein verwaltet – ich weiß überhaupt nicht, ob ich es kann – «

»Es ist alles niedergeschrieben, und Sie finden die Aufzeichnungen auf meinem Schreibtisch«, sagte Monsignore und richtete den durchdringenden Blick seiner blauen Augen auf Pater O'Banions unglückliches Gesicht. »Haben Sie mich verstanden?«

»Allerdings, Sir, und ich werde Sie im Nu auf den Weg bringen«, erwiderte Pater O'Banion traurig.

»Inzwischen werde ich durch den Jungen meine Koffer heraustragen lassen, die schon seit Wochen gepackt und reisefertig sind«, versetzte Monsignore.

Mit fliegender Soutane eilte er geschäftig den Steinpfad hinauf, blieb aber an der Tür des Pfarrhauses stehen und rief über seine Schulter hinweg:

»Lassen Sie sich nur nicht unterkriegen, Pater O'Banion! Der Wagen ist schon seit einem Monat nicht mehr gelaufen und wird sich vielleicht etwas störrisch erweisen. Aber trotzdem muß er in Gang kommen.«

»Sich störrisch erweisen«, murmelte Pater O'Banion leise vor sich hin. »Der Wagen ist nicht der einzige, der störrisch ist. In diesem Punkt steht ihr euch beide in nichts nach, ganz zu schweigen von Thomas.«

Er wanderte bedächtig den Pfad zum Tor zurück. Der Torwächter kam grinsend aus seinem Haus.

»Sie sind wieder hier, Pater?« sagte er auf chinesisch, und Pater O'Banion antwortete in derselben Sprache, allerdings mit einem starken irischen Akzent.

»Ja, ich bin wieder da, Lao Ting. Sorgen Sie für Thomas, und geben Sie ihm eine Handvoll Korn außer seinem Heu, obwohl er wieder versucht hat, mich in den Reisfeldern abzuwerfen, und eigentlich hungern sollte . . . Was ist mit der Arche Noah los?«

»Wir haben Öl mit dem ausländischen Benzin gemischt«, gab Lao Ting zur Antwort. »Das war zu fett für ihre Gedärme.«

»Petroleum?«

»Wir haben kein Petroleum, Pater. Daher haben wir Sojaöl genommen, und das ist sehr fetthaltig.«

»Wer ist auf diesen dummen Einfall gekommen?« klagte Pater O'Banion.

»Ich«, bekannte Lao Ting. »Monsignore war jeden Tag zornig, erstens, weil Sie nicht kamen, und zweitens, weil die Kalesche sich nicht von der Stelle rührte, als er versuchte, sie selber zu fahren. Und Sie wissen doch, Pater, daß es eine Sünde ist, zornig zu sein, besonders für einen Mann Gottes, und da wollte ich ihm helfen, seine Seele zu retten. Ich versagte leider.«

»Gehen Sie an Ihre Arbeit, und lassen Sie mich meine verrichten«, sagte Pater O'Banion mit finsterer Miene.

Am Tor ging jeder seiner Wege, und Pater O'Banion machte sich über die vollgestopfte, hilflose Maschine her. Die Haube war längst verschwunden, und der Motor mit seinen verstaubten, trockenen Röhren und Drähten lag im hellen Sonnenlicht allen Blicken preisgegeben. Pater O'Banion war ein ziemlich guter Mechaniker. Er hatte sich sein Taschengeld verdient, indem er nach Schluß der Pfarrschule nachmittags in einer Garage in Dublin arbeitete, und die Nonnen im Waisenhaus taten ihm den Gefallen und ließen ihn sonnabends an ihrem alten Ford herumbasteln. Zur Belohnung durfte er ihn gelegentlich an einem Wochenende benutzen. Er schraubte jetzt den Deckel des Benzintanks los und beroch den Inhalt. Mehr Sojaöl als Benzin – in der Tat wenig Aussicht, daß der Motor einen solchen Brennstoff dulden würde! Aber es ließe sich vielleicht etwas erreichen, wenn man die Mischung mit etwas Alkohol verdünnte. Er ging ins Torhaus, wo die Werkzeuge aufbewahrt wurden, und fand verschiedene Schraubenschlüssel sowie eine Flasche mit chinesischem Alkohol.

IN DEN HEISSEN Strahlen der untergehenden Sonne, die ihm vom Rande des flachen Horizontes her direkt in die Augen schienen und ihn blendeten, arbeitete Pater O'Banion immer noch an dem Motor. Der Schweiß rann ihm von der hohen Stirn über die hageren Wangen, und er hob einen Zipfel seiner Soutane, um sich das Gesicht abzuwischen. Aber der Alkohol schien die schwerflüssige Mischung im Tank zu beleben, und schließlich machte der Motor unter Ächzen und Stöhnen zwei Umdrehungen.

»Aha!« rief Monsignore von der Tür des Pfarrhauses her. »Ich bin gleich da!«

Er hatte den ganzen Nachmittag über wenig Hilfe geleistet, sondern war nur immer ziellos hin und her gerannt. Aber Pater O'Banion hatte nicht gewagt, sich zu beklagen. Immer wieder hatte Monsignore ihm etwas zugeschrien, mal von der Veranda, mal von einem Fenster des oberen Stockwerks her.

»Ist die Kreatur bewußtlos oder nur unwillig?«

»Ich kann nicht entdecken, woran es liegt«, antwortete Pater O'Banion geduldig.

»An Ihnen vielleicht«, schallte es zurück.

»Wenn Sie meinen«, erwiderte Pater O'Banion.

»A-ha!« rief Monsignore nun, und auf den Ruf hin rannte ein Hausbursche herbei mit einem Weidenkorb voller Bücher, die durch ein Netz zusammengehalten wurden, einem großen Segeltuchsack mit Bettzeug und einem schäbigen Koffer.

»Alles auf den Rücksitz«, befahl Monsignore und sprang behende über die Tür des Wagens, die sich schon seit langem nicht mehr öffnen ließ. Der Hausbursche kletterte über die andere Tür und schwang sich in den Fahrersitz.

»Also nun los, O'Banion«, rief Monsignore ermunternd, »geben Sie mal einen tüchtigen Schubs von hinten!«

Pater O'Banion gehorchte. Mit der Stärke eines Elefanten warf er sich gegen die Rückwand des Wagens, während er seine riesigen Füße gegen einen massiven Pflasterstein stemmte.

»Schalte den Gang ein, du Nichtsnutz!« fuhr er Wang, den Hausburschen, an. Der Motor gab ein paar Geräusche von sich, spritzte etwas Öl auf Pater O'Banions Soutane und versank in Schweigen.

Der große Priester trat hastig zurück. Oh, was gäbe er nicht darum, wenn er nach Herzenslust fluchen und schimpfen könnte!

»Gott verzeihe mir«, flüsterte er vor sich hin. »Aber dies ist die reinste Teufelsmaschine und schlimmer noch als Thomas.«

»Los, los! Keine Müdigkeit vorschützen!« bellte Monsignore.

Noch einmal versuchte es Pater O'Banion. »Also aufgepaßt, Wang! Schalte den Gang ein, Mann, wenn ich meinen großen Schubs gebe.«

Er schob, und der gelehrige Chinese schaltete mit einer geschickten Bewegung den Gang ein.

Eine ölige Rauchwolke quoll aus dem Auspuffrohr. Hustend und geblendet prallte Pater O'Banion zurück. Die Landschaft verschwand vor seinen Blikken. Er schwenkte seine langen Arme, daß die Ärmel flatterten, und rang nach Luft.

In all dieser Aufregung sah keiner von ihnen die sich von Norden heranwälzende Staubwolke; auch hatte niemand bei dem fürchterlichen Radau des Motors den Hufschlag galoppierender Pferde vernommen. Und so waren sie nicht wenig überrascht, als plötzlich aus Staub und Rauch vier Reiter auftauchten und eine Stimme sie anschrie:

»Nehmen Sie sich in acht, fremder Priester!«

Pater O'Banion blickte auf. Über ihm bäumte sich ein riesiges graues Pferd, und auf dem Pferde sah er einen Offizier in der Uniform der Roten Armee, einen jungen, hübschen Mann, dessen schwarze Augen vor Zorn brannten und dessen Stirn finster umwölkt war. Hinter ihm standen drei andere Reiter.

Pater O'Banion blieb wie angewurzelt stehen, als er in das harte, junge Gesicht sah.

Monsignore hatte sich beim Klang der Stimme blitzschnell auf seinem Sitz umgedreht. Er stand nun auf und starrte auf den jungen Oberst, der sein lebhaftes Pferd im Zaume hielt.

»Ho-san!« rief er auf chinesisch. »Du, in dieser verfluchten Kommunistenuniform? Steig von deinem Pferd ab und erkläre, was mit dir geschehen ist!« Er wartete mit strenger Miene, während Ho-san, schlank und aufrecht im Sattel, mit stolz erhobenem Haupt vorn ans Auto trabte, wo er auf den alten Priester hinabblickte, als hätte er ihn nie gesehen.

»Fremder Pfaffe, ich beschlagnahme dieses Auto!« Ein majestätischer Blick begleitete diese Äußerung.

Monsignore Fitzgibbon ließ sich nicht einschüchtern. Er war vierzig Jahre in China gewesen und wußte sehr wohl, daß Ho-san hätte absteigen sollen, wenn er mit einem Älteren sprach, besonders, da er den Jüngling als kleinen, zerlumpten Jungen, Sohn armer Bauern, zu sich ins Haus genommen, ihm Nahrung und Kleidung gegeben, ihn durch alle diese Jahre hindurch gelehrt und für das heilige Priesteramt vorbereitet hatte. Und dann war dieser Bursche eines Tages ohne jeglichen Grund davongelaufen. Sollte er sich nun vor Ho-san fürchten? Ganz entschieden nicht. Er schob seine Unterlippe vor und blickte Ho-san unerschrocken ins Auge.

»Wie kannst du es wagen, so mit mir zu reden?« fragte er schließlich. »Bedenke, daß ich dein geistlicher Vater bin. Ich habe für dich gebetet und mir Gedanken um dich gemacht. Boten habe ich in dein Dorf gesandt, um mich bei deiner Familie nach deinem Verbleib zu erkundigen. Steige herunter von deinem Pferd! Ich bin bereit, dir jetzt die Beichte abzunehmen, aber ich warne dich: die Buße, die ich dir für alles, was du getan hast, auferlege, wird nicht leicht sein.«

»Ich habe nichts zu beichten«, erwiderte Ho-san unhöflich. »Ich zähle nicht mehr zu Ihren Anhängern. Ich verhafte Sie; Sie und diesen anderen Priester sowie alle, die sich in Ihrem fremden Gehöft aufhalten.«

»Sei nicht töricht, Ho-san«, sagte Monsignore hitzig. »Du kannst mich nicht verhaften; denn ich stehe im Begriff, in meine Heimat nach Irland zurückzukehren.«

»Sie werden nur ins Pfarrhaus zurückkehren«, entgegnete Ho-san. »Und dort werden Sie unter Bewachung bleiben. Sie und dieser andere Priester.«

Damit schwenkte Ho-san sein Pferd herum und erteilte seinen Offizieren einige Befehle.

»Führen Sie diese beiden Priester ins Gehöft und riegeln Sie die Tore hinter ihnen zu! Dann stehen Sie Wache! Ferner sorgen Sie dafür, daß dieses Auto ins Hauptquartier geschafft wird.«

Die Offiziere stiegen behende aus dem Sattel. Einer ergriff Monsignore Fitzgibbon, die anderen Pater O'Banion und Wang. Pater O'Banion ließ es sich in seiner Bestürzung gefallen, aber Monsignore schüttelte empört die Hand des jungen Offiziers ab. Er wandte sich von neuem an Ho-san.

»Ho-san! Hierfür wirst du in die Hölle kommen – und zwar auf direktem Wege, ohne erst im Fegefeuer zu verweilen. Gott wird dich bestrafen, das steht fest. Du kannst dem Zorn Gottes nicht entfliehen.«

Er blickte in das stolze, unbewegliche Gesicht, und seine Stimme wurde vor Staunen weich. Was war aus dem scheuen, jämmerlichen Kinde geworden, das er wie ein Vater an sein Herz genommen hatte! »Ho-san, mein Sohn«, fuhr er fort, »bist du es wirklich? Kann es möglich sein? Du warst doch mein aufgewecktester Schüler. Ich hatte angenommen, du würdest Priester werden und meine Arbeit hier fortsetzen. Erinnerst du dich noch daran, daß ich Stunden allein mit dir in der Kapelle verbrachte? Habe ich dich nicht selbst in die Geheimnisse der Kirche eingeweiht? Du warst ein fähiger Schüler. Du glaubtest an Gott. Wo ist dein Glaube geblieben? Wie kommt es, daß du dich dem Teufel ergeben hast?«

Plötzlich verlegte Monsignore sich aufs Flehen. Selbst seine krächzende Stimme, die vom vielen Reden heiser war, wurde sanft und weich. In seine kleinen blauen Augen trat ein fast zärtlicher Glanz.

»Habe ich dich verloren, Ho-san?«

Ho-san wandte den Blick ab. »Mir ist ein neues Licht aufgegangen«, sagte er schließlich. »Ich habe ein größeres Licht gesehen als das Licht der Kirche. Dieses Licht scheint auf den Pfad, den ich jetzt erwählt habe. Es führt uns zu einer besseren Nation, zu einer besseren Welt. Das ist der Himmel, den ich suche – ein Himmel hier auf Erden, den ich schon im Leben genießen kann.«

Die drei Offiziere hörten sich dies alles voller

Neugierde an, erst die Worte des Priesters, dann die ihres Obersten. Sie waren alle jung, und ihre Augen glitzerten, als hätten sie die ganze Nacht hindurch gezecht. Jetzt brachen sie in ein schallendes Gelächter aus, klapperten mit ihren Gewehren und riefen im Chor:

»Ein langes Leben sei unserem Führer Mao beschieden!«

Mit diesen Worten schoben sie Monsignore und Pater O'Banion durch das Tor, während Ho-san kerzengerade und unnachgiebig zu Pferde saß und ihnen nachblickte. Plötzlich entdeckte er den zitternd im Torweg stehenden Wächter und winkte ihn zu sich heran.

»Bist du immer noch Torwächter? Erinnerst du dich meiner?«

»Ja, ich bin der Elende«, erwiderte der Torwächter. »Und ich erinnere mich sehr gut an Sie.«

»Ich verlange von dir, daß du diese beiden fremden Priester hinter Schloß und Riegel hältst«, befahl Ho-san. »Wenn sie entkommen, büßt du mit deinem Kopf dafür. Hast du mich verstanden?«

»Ich habe Sie verstanden«, erwiderte der Mann schlotternd. Dann warf er sich vor Ho-sans Pferd in den Staub und berührte immer wieder mit der Stirn den Boden.

»Ich werde zurückkehren«, rief Ho-san. Dann zerrte er am Zügel und galoppierte davon.

Im Pfarrhaus kehrte Monsignore seinen Groll gegen Pater O'Banion. »Da können Sie mal sehen, was Ihr verspätetes Eintreffen mich gekostet hat«, stöhnte er. »Eine Stunde früher, und ich wäre nach der gesegneten Insel unterwegs gewesen! Und nun, wer weiß, ob ich Irland jemals wiedersehe! Dieses Gehöft wird noch unsere Grabstätte werden.«

»Gott verzeihe mir«, sagte Pater O'Banion. »Wie konnte ich das ahnen? Thomas, dieser böse Esel, hat mir auf der ganzen Reise Schwierigkeiten gemacht.«

Er stand im Türrahmen, als er sprach. Seine hohe Gestalt schien zusammengesunken, und in seinem jungen Gesicht malte sich Niedergeschlagenheit. Er war müde und ganz schwach vor Hunger, und die Tränen traten ihm in die Augen. Er wischte sie mit dem Rücken seiner schmutzigen Hand fort und verschmierte sich das ganze Gesicht.

Durch den Tränenschleier hindurch sah er Thomas, der jetzt mitten auf dem Rasen unter einem Bananenbaum stand. »Ach, Thomas«, stöhnte er. »Ich hätte mich auf meine eigenen Füße verlassen sollen. Dann wäre ich bestimmt eher hier gewesen, du Satansbraten!«

Doch Thomas achtete nicht auf ihn. Er fraß das saftige grüne Gras und kümmerte sich nicht um die Leiden der Menschheit.

DER MORGEN DES nächsten Tages zog in ungewöhnlicher Schönheit herauf. In der Nacht hatte ein stürmisches Unwetter getobt, das fast einem Taifun glich und viel Regen brachte. Alle Blätter und Gräser waren vom Staube befreit; der gepflasterte Pfad war rein gewaschen und glänzte silbergrau; in den Spinnweben funkelten Wassertropfen wie Juwelen.

Monsignore Fitzgibbon stand in der Kapelle und las die Messe. Wie gewohnt, war er früh aufgestanden und hatte sofort Pater O'Banion geweckt, der, wie er aus alter Erfahrung wußte, sündhaft lange im Bett liegen konnte.

An diesem Morgen hatte Pater O'Banion in seinem zellenartigen Schlafgemach sehr schnell auf den Weckruf reagiert. Monsignore war nicht dafür, daß junge Priester in Behaglichkeit lebten. Vier Wände, ein Fenster, ein Steinboden, ein schmales Bambusbett, ein Tisch und ein niedriger Schemel – das war genug.

»Ich habe überhaupt kein Auge zugetan, Sir«, erwiderte O'Banion auf den Ruf seines Vorgesetzten. »Wie hätte ich es auch können bei all den Sünden, die auf meiner Seele lasten!«

»Dann stehen Sie jetzt auf und werfen Sie diese Last ab«, dröhnte Monsignores Stimme vor der Tür.

Und eben diese Stimme tönte nun durch die kleine Backsteinkapelle, wo Pater O'Banion auf einem Betstuhl kniete. Der Gesang rollte an den Wänden entlang und verfing sich in den Deckenbalken. Monsignore las Messe, und ein chinesischer Meßdiener ministrierte.

Die kleine Gemeinde stand fromm mit gesenkten Köpfen da und ließ die seltsamen Worte, die sie nicht verstehen konnte, über sich ergehen.

»Domine, non sum dignus – «

Dreimal wiederholte Monsignore die klangvollen Worte, und der andächtig lauschende Pater O'Banion bewunderte ihre Klarheit und ihre Fülle. Latein bereitete ihm Schwierigkeiten. Zweifellos eine heilige Sprache, aber vom göttlichen Geheimnis durchsetzt und für den einfachen Mann unverständlich. Sein Gedächtnis versagte oft. Monsignore dagegen sprach sie so mühelos wie seine Muttersprache.

»Und warum«, hatte Pater O'Banion früher einmal auf der Priesterschule rebellisch gefragt, als er noch ein unwissender Grünschnabel aus der Grafschaft Wicklow war, »warum müssen wir eine tote Sprache sprechen, wenn wir Messe lesen? Wäre es nicht viel besser, wenn wir so redeten, daß die Gemeinde uns verstehen könnte?«

Monsignore Fitzgibbon, der damals sein Lehrer gewesen war, hatte majestätisch geantwortet: »Es dient der Kirche zum Ruhm und der Gemeinde zum Trost, daß überall in der Welt zu einer bestimmten Stunde Gott und die Heilige Jungfrau Maria auf dieselbe Weise und in der gleichen Universalsprache verehrt werden. Ist es angesichts dieser Tatsache von Bedeutung, daß junge Dummköpfe sie nicht lernen können?«

Pater O'Banion hatte auf die rhetorische Frage nicht geantwortet. Auch hatte er damals das Verlangen nach Trost nicht verstanden, aber jetzt verstand er es. Wer konnte wissen, was sie selbst an diesem Tage noch erwartete, wo doch die vier Roten Reiter in der Stadt waren? Es war wirklich ein Trost, zu wissen, daß trotz aller Gefahr überall in der Welt dieselbe Messe in derselben Sprache gelesen wurde. Er und Monsignore waren nicht allein, selbst nicht in dieser kleinen Stadt im fernen China. Durch dieses Ritual waren sie ein Teil des großen Ganzen. Er senkte den Kopf und betete, daß er, ein bescheidener und sehr ängstlicher Priester, würdig sein möge, an diesem Tage die Kommunion zu empfangen. Dann öffnete er die Augen und sah, wie Monsignore den Kelch hob und sich der Gemeinde zuwandte. Er hörte, wie die Leute hinter ihm, diese wenigen Getreuen, auf die Altarbank zuschritten, um die Kommunion zu empfangen. Er schloß die Augen und betete von neuem: »Herr, verzeihe mir meine Sünden, und möge die Heilige Jungfrau mich würdig machen – «

Weiter kam er mit seinem Gebet nicht. Denn plötzlich ertönte lautes Pferdegetrappel draußen auf der Terrasse vor der Kapellentür. Er erhob sich aus seiner knienden Stellung, und was er nun erblickte, sollte ihm unvergeßlich bleiben. Monsignore stand im Begriff, die Hostie zu verabreichen, aber die Kommunikanten hatten sich umgedreht, um zu sehen, wer die Kapelle betrat. Den Gang herauf kamen die Roten Offiziere, angeführt von Ho-san. Unentwegt marschierte er voran, bis er vor der kleinen mutigen Gestalt stand, die das geweihte Brot hielt. Monsignore war der erste, der das Schweigen brach.

»Ho-san«, rief er mit Donnerstimme. »Wie kannst du es wagen, diesen heiligen Ort zu entweihen!«

»Hören Sie auf mit der Messe«, befahl Ho-san.

Er drehte sich um und erteilte einen Befehl. Sofort marschierten Soldaten mit gezogenem Bajonett in die Kapelle. Dann warf er einen wütenden Blick auf die Gemeinde, die sich an das Altargitter drängte.

»Ihr!« schrie er. »Ihr, die ihr das Brot und den Wein eines fremden Gottes verzehrt, wißt ihr nicht, was Mao befohlen hat? Macht, daß ihr aus diesem Gebäude herauskommt, oder ich mache es zu eurem Gefängnis!«

Er wandte sich an die Soldaten. »Treibt diese Narren fort! Dies eine Mal will ich es ihnen verzeihen.«

Die Soldaten stürzten sich auf die entsetzten Kommunikanten und peinigten sie mit den Spitzen ihrer Bajonette. Unter Toben und Fluchen trieben sie sie aus der Kapelle. Im nächsten Augenblick waren nur noch Monsignore und Pater O'Banion übriggeblieben. Selbst der Meßdiener war geflohen.

Zum ersten Mal sah Pater O'Banion Monsignore in einer sprachlosen Verfassung. Der behäbige kleine Priester war bleich, aber nicht aus Furcht, sondern vor Wut. Kerzengerade, die heiligen Symbole noch in der Hand, stand er dem stolzen jungen Offizier gegenüber. Stolz prallte auf Stolz. Die Strahlen der aufgehenden Sonne fielen durch die runden Fenster hinter dem Altar und beschienen die beiden Männer: den alten Priester in seinem Gewand aus weißem chinesischem Leinen und den jungen Soldaten in seiner blauen Uniform. Monsignores Blick blieb fest, und in plötzlicher Wut schlug der Soldat dem Priester die Hostie aus der Hand. Dann griff er nach dem Kelch und schmetterte ihn zu Boden.

Monsignore sprach mit tiefer, kräftiger Stimme, aber ohne Zorn. »Ho-san, dies ist der heiligste Augenblick der Messe. Du hast oft mit mir an diesem Altar gestanden. Du verstehst die Vorgänge des Abendmahls. Daher weißt du, was du getan hast. Du hast gesündigt. Gott wird dir nicht vergeben, weil du mit Vorsatz gesündigt hast.«

Ho-san stieß zwischen zusammengepreßten Lippen hervor: »Es gibt keinen Gott. Das weiß ich jetzt. Sie haben mich betrogen, fremder Priester! Sie haben mich mit einem Lügennetz gefangen, als ich noch ein Kind war und keinen Verstand hatte und Ihnen glaubte, weil Sie mir zu essen gaben. Durch Ihre Güte haben Sie mir meine Seele gestohlen. Gütig? *Sie* haben gesündigt! Sie erzählten mir von einem Gott, der niemals existierte. Das kann ich Ihnen nicht verzeihen.«

»Es gibt einen Gott«, erklärte Monsignore mit fester Stimme. »Ich verbürge mich mit meinem Leben dafür.«

»Sich selbst können Sie betrügen«, erwiderte Ho-san voller Verachtung, »aber wir gestatten Ihnen nicht, andere zu betrügen. Sie werden in Ihrem eigenen Hause als Gefangener leben, Sie und dieser niedrigere Priester. Und diese Kapelle wird nicht länger ein Ort sein, an dem man falsche Götter – männliche und weibliche – verehrt. Sie wird ein Gefängnis für Ihre Anhänger sein. Einen nach dem anderen werde ich sie auftreiben und verhören. Wenn sie dem falschen Glauben abschwören und der Bruderschaft der Kommunisten beitreten, werden sie straffrei ausgehen. Wenn sie ihrem Glauben nicht abschwören, werde ich sie auf diesem Altar enthaupten.«

Er wandte sich um und erteilte einen Befehl. »Säubert den Altar!«

Die Soldaten sprangen über das niedrige Gitter und fegten mit ihren Schwertern alles vom Altar. Dann rissen sie mit ihren Bajonetten das goldene Kruzifix herab und trampelten darauf herum. Während aller dieser Vorgänge hatte Pater O'Banion abseits gestanden und händeringend immer wieder versucht, sich einzumischen. Aber Monsignore hatte ihm jedesmal einen so finsteren Blick zugeworfen, daß er es nicht wagte, den Mund aufzutun oder sich zu rühren. Nun sah er Monsignore traurig an und hätte ihm gern geholfen, wußte jedoch nicht, wie er es anfangen sollte. Und Monsignore? Dieser kleine Priester stand gesenkten Hauptes da und betete mit geschlossenen Augen, während seine Finger eifrig über seinen Rosenkranz glitten.

»Vorwärts, marsch!« rief Ho-san.

Pater O'Banion fühlte sich von zwei Soldaten an den Schultern gepackt, wurde dreimal herumgewirbelt und dann mit dem Gesicht zur Tür hingestellt.

»Marsch, du fremder Schweinehund!«

Und Pater O'Banion marschierte. In seinem Rükken spürte er das scharfe Prickeln der gezückten Bajonette. Hinter ihm folgte Monsignore. Sobald sie das Pfarrhaus erreichten, schubsten die Soldaten sie in den Flur und schlugen die Tür hinter ihnen zu. Die beiden Priester verharrten regungslos und schweigend, als sie hörten, wie der eiserne Schlüssel im Schloß umgedreht wurde.

Pater O'Banion starrte seinen Vorgesetzten eine ganze Weile an, bis dieser schließlich, in höchstem Maße gereizt, zu ihm sagte: »Na, na, warum starren Sie mich denn mit offenem Munde an?«

»Ich hoffe, daß Sie mir sagen werden, was wir jetzt tun sollen; denn ich selbst bin ratlos«, erklärte Pater O'Banion demütig.

»Es ist zu spät, irgend jemandem auch nur irgend etwas zu sagen«, entgegnete Monsignore in scharfem Ton. »Ich ziehe mich zum Gebet zurück und bitte darum, nicht gestört zu werden.«

Mit diesen Worten ging er den Flur hinab und stieg die Treppe empor. Pater O'Banion blickte ihm ängstlich nach. »Soll ich Ihnen das Abendessen bringen?« rief er ihm nach.

»Nein!« brüllte Monsignore, ohne sich umzuwenden oder ihm zuzuwinken. Im nächsten Moment knallte oben seine Tür zu, und er war verschwunden.

»UND WIE BEZEICHNEN Sie diesen Fraß?« erkundigte sich Monsignore, während er mit Abscheu das Essen auf seinem Teller betrachtete. Wie üblich war er nach unten gekommen, um sein Frühstück zu verzehren.

»Es ist das Beste, was ich ohne Kochkenntnisse zustande bringen konnte, Sir«, entschuldigte sich Pater O'Banion. »Die Diener sind fort, und ich bin nicht als Koch ausgebildet, Sir.«

»Und herzlich wenig auf anderen Gebieten«, versetzte Monsignore. Er nahm seine Gabel und fing an, mit finsterer Miene zu essen. Dann legte er die Gabel wieder hin. »Wenn ich bedenke«, begann er, »wenn ich bedenke, daß ich jetzt unterwegs zur Küste sein könnte, falls Sie früher eingetroffen wären – wenn ich das bedenke – « Er schüttelte den Kopf, unfähig, den Satz zu vollenden.

»Ich kann nur sagen, daß ich in dem Falle ganz allein hier gewesen wäre«, erwiderte Pater O'Banion. »Und ich weiß nicht, ob ich mit diesem Ho-san überhaupt fertig geworden wäre. Vielleicht ist die Heilige Jungfrau der Ansicht, daß Sie hier vonnöten sind, und möglicherweise hat sie selbst dem Esel die Mucken in den Kopf gesetzt.«

»Erwähnen Sie die Heilige Jungfrau nicht im selben Atemzug mit einem Esel – nicht einmal mit Ihnen selbst«, versetzte Monsignore, offenbar in schlechter Laune.

Pater O'Banion seufzte. Monsignore zeigte sich morgens nie von seiner besten Seite. »Wünschen Sie jetzt Ihren Tee?« fragte er.

»Es ist mir einerlei«, brummte Monsignore. »Der Tee wird wahrscheinlich das reinste Spülwasser sein, wenn Sie ihn zubereitet haben.«

»Es ist niemand anders da«, erwähnte Pater O'Banion.

Monsignore schob den Teller mit den mißglückten Rühreiern beiseite. »Daß dieser elende Koch auch gleich am ersten Abend davonrennen mußte«, knurrte er. »Und nach allem, was ich für ihn und seine jämmerliche Familie getan habe! Er, mein erster Konvertit! Nein, er war Ho-sans erster Konvertit. Ach, Ho-san, der Junge war mir wie ein Sohn – ein geistlicher Sohn natürlich. Und jetzt – «

»Erzählen Sie mir von ihm«, bat Pater O'Banion.

Alles, dachte er im geheimen, um Monsignore auf andere Gedanken zu bringen! Die Nacht war in der Tat erschreckend gewesen. Ein Diener nach dem anderen war in der Dunkelheit verschwunden. Heute morgen war auch der Torwächter nicht mehr auf seinem Posten gewesen, und an seiner Stelle marschierte ein wilder junger Soldat mit einem über die Schulter gehängten Gewehr auf und ab. Sie hatten alle Gewehre, diese Soldaten. Gute amerikanische Gewehre, die sie den besiegten Nationaltruppen abgenommen hatten. Und nun wurden zwei gute, ehrliche Priester womöglich mit diesen selben Gewehren erschossen! Pater O'Banion kehrte mit seinen Gedanken wieder in die Gegenwart zurück: Monsignore war am Reden. Tee und Eier waren vergessen. Das runde, strenge Gesicht zeigte eine sanfte Traurigkeit.

»Ho-san war ein kleiner Junge von sechs oder sieben Jahren, als er zu mir kam. In einem Hungerjahr war er seinen Eltern abhanden gekommen. Später suchten sie ihn. Aber als ich ihn fand, saß er weinend auf der Straße in der Nähe des Fischmarktes. Ich war auf dem Wege zu einem Sterbenden, einem bekehrten Schmied – Gott sei seiner Seele gnädig –, um ihm die Sterbesakramente zu geben. Ich erinnere mich noch genau daran. Er hatte sich mit einer Sense, die er auf seinem Amboß hämmerte, in den Schenkel geschnitten. Dann folgte eine Blutvergiftung, die zu Brand führte. Nun, auf diesem Wege sah ich einen kleinen Wicht, der wie ein Hündchen im Staub saß und sich die Augen ausweinte. Auf dem Hinweg wagte ich es nicht, mich aufzuhalten, aus Angst, der Mann könne sterben, ehe er die letzte Ölung von mir erhielt. Aber auf dem Rückweg hielt ich Ausschau nach dem Kind. Der kleine Kerl war am Wegrand eingeschlafen. Seinen Arm hatte er als Kissen unter den Kopf geschoben, und sein Gesicht war mit einer aus Staub und Tränen gebildeten Kruste bedeckt. Ich hob ihn auf. Da erwachte er, und ich fragte ihn, wer er sei. Er konnte nur seinen Namen sprechen, weiter nichts. Also nahm ich ihn mit nach Hause, wo der Koch ihn wusch und ihm saubere Sachen anzog. Und von da an hat er bei uns gelebt, bis er vor einigen Jahren fortlief.«

»Haben ihn seine Eltern nie wiedergefunden?« fragte Pater O'Banion und betete inständigst, daß Monsignore nicht den Kopf wenden möge; denn draußen vor dem Fenster stand ein Soldat und starrte mit einer so häßlichen Grimasse auf sie, daß einem das Blut in den Adern gerann.

Monsignore wandte nicht den Kopf. »O doch«, erwiderte er. »Sie kehrten nach einiger Zeit zurück, um ihn zu suchen. Sie gehörten zu einer Menschenmenge, die in jenen Tagen auf der Flucht war. Ich muß mal überlegen – es war zu spät für die erste Revolution, also muß es die zweite gewesen sein; nein, es war wohl, als die Japaner die Mandschurei besetzten, denn die Leute kamen vom Norden.«

»Und wollten sie den Jungen nicht wieder mitnehmen?« drängte Pater O'Banion. Er bemühte sich, nicht zum Fenster zu blicken, aber er konnte der Versuchung nicht widerstehen. Der Soldat, der seinen Blick auffing, richtete das Gewehr auf ihn und tat aus bösem Unfug so, als ob er ihn erschießen wolle.

»Ja, das wollten sie wohl, aber als sie sahen, wie gut genährt er war und daß er lesen lernte und Latein schwatzen konnte, das sie, fürchte ich, für meine eigene Sprache hielten, ließen sie ihn mir; denn sie wußten wohl, daß ich mehr aus ihm machen konnte als sie . . . Aber sie beteiligten sich an einem kleinen Geschäft hier in der Nähe und besuchten ihn hin und wieder, bei welchen Gelegenheiten sie mir etwas Süßkram oder einen Korb mit Eiern oder dergleichen mitbrachten.«

Monsignore brach ab. Er war offensichtlich den Tränen nahe, aber er war zu stolz, um es sich anmerken zu lassen.

»Sie sind müde«, sagte Pater O'Banion voller Mitgefühl und Erleichterung, denn der Soldat hatte endlich den Platz am Fenster verlassen. »Kein Wunder nach einer solchen Nacht, die uns beiden keinen Schlaf gebracht hat.«

Das stimmte. Während der Nacht war die Rote Armee in die Stadt geströmt. In der seltsamen, beängstigenden Ruhe der Missionsstation hatte das Lärmen und Toben außerhalb der Mauern drohend und erschreckend gewirkt, und niemand war gekommen, um den Priestern zu sagen, was vor sich ging. Sie hatten die ganze Nacht aufgesessen und auf alles Mögliche gewartet. Um fünf Uhr hatte Monsignore die Messe gelesen, wobei Pater O'Banion die ganze Gemeinde darstellte.

»Es ist der Schock«, sagte Monsignore mit unsicherer Stimme. »Dies Erlebnis ist mir so ans Herz gegangen, als ob Ho-san mich mit seinem Bajonett durchstochen hätte.«

»Ach ja«, seufzte Pater O'Banion.

Monsignore räusperte sich. »Dieser Ho-san ist nämlich kein gewöhnlicher Bursche, O'Banion. Ohne es zu ahnen, hatte ich ein Juwel im Staube gefunden. Denn ich erkannte bald, daß er ein geborener Führer von Menschen war. Er besaß einen Geist, ein Gehirn, eine Kraft, wie ich sie bei keinem anderen in irgendeinem Lande gesehen habe. Ich beobachtete, wie er heranwuchs; ich lehrte ihn alles, was ich wußte; und ich dachte im stillen, daß Gott mir einen Menschen gesandt hatte, der meinen Platz einnehmen konnte, wenn ich einmal sterben sollte, einen Menschen, der weit mehr erreichen konnte, als es mir je möglich war, weil er ein Kind des Volkes ist, während Sie und ich, O'Banion, immer in erster Linie Iren sind, wofür wir Gott auch dankbar sein können.«

Monsignore ließ eine eindrucksvolle Pause eintreten. Er schlug mit der flachen Rechten auf den Tisch, um seinen Worten Nachdruck zu verleihen. »Und dieser Junge, dieser Ho-san, dieser glänzende Bursche hat mehr Menschen für unseren Glauben gewonnen, als es mir gelungen ist in den zwanzig Jahren, ehe er zu mir kam. Er versteht es, die Seele eines Mannes zu bezaubern – oder auch die einer Frau. Aber soviel ich weiß, hatte er an Frauen kein Interesse. Er wollte Priester werden. Oh, dieser wunderbare Tag, an dem er mir sagte, daß er Priester werden wolle!«

Monsignore lehnte sich zurück und schloß in glückseliger Erinnerung die Augen. »Es ist mir noch ganz gegenwärtig. Ich war damals allein in der Kapelle, um zu beten. Ich befand mich in irgendeiner Schwierigkeit und hatte mich zurückgezogen, um mir göttlichen Rat und Beistand zu holen. Und während ich vor dem Altar auf den Knien lag und betete, spürte ich jemandes Nähe. Ich öffnete die Augen, und siehe da, dieses Kerlchen, dieser gesegnete Junge kniete neben mir. Es war das erste Mal, daß er mir in die Kapelle gefolgt war. Ich fragte nicht, warum er gekommen sei, aber ich fühlte mich erfrischt und erleichtert. Ich war nicht mehr allein und sagte mir, daß mein Gebet durch diesen Jungen erhört sei. Gott hatte ihn mir geschickt, um mir das zu sagen.

Und dies waren die ersten Worte, die der Junge sprach:

›Ich möchte auch ein Priester werden, wie Sie, Pater.‹

Das waren seine Worte, O'Banion. Sie klangen in meinen Ohren wie die Stimme unseres lieben Herrn Jesu selbst, das kann ich Ihnen versichern. Von jenem Tage an machte ich mir keine Gedanken mehr. Was ich nicht vollbringen konnte, sagte ich mir, würde Ho-san eines Tages an meiner Stelle leisten.«

Monsignore hielt inne. Seine Lippen bebten, und Tränen standen ihm in den Augen.

»Ruhen Sie jetzt ein wenig«, drängte Pater O'Banion. Er horchte. Hatte jemand das Tor zugeschlagen?

Aber Monsignore vermochte nicht zu ruhen. »Wann die innere Wandlung bei ihm begann, weiß ich nicht. Doch, ich weiß es. Sie begann, als die Rebellen in diese Stadt einzogen. Tschiang Kai-schek setzte ihnen in jenen Tagen hart zu. Er hatte sich geschworen, die Kommunisten aus dem Lande zu treiben, und sie waren auf der Flucht. Auf ihrem Weg nach dem Nordwesten fegten sie wie ein Heuschreckenschwarm in diese Stadt. Irgendwie wußten sie von Ho-san. Wer hatte sie darüber unterrichtet? Wahrscheinlich ein heimlicher Bundesgenosse – irgendein Verräter in unserer Gemeinde. Auf jeden Fall pirschten sie sich an meinen Jungen heran. Sie priesen ihn und machten ein großes Getue um ihn. Es geschah natürlich alles hinter meinem Rücken. Ich selbst hatte keine Ahnung davon. Aber ich sah, daß ihn etwas quälte, und drang in ihn. ›Ho-san‹, sagte ich, ›lastet eine Sünde auf deinem Gewissen, die du noch nicht gebeichtet hast?‹

›Nein, keine einzige.‹ Das waren seine Worte. Es war seine erste Lüge, O'Banion. Sie hatten ihn bereits das Lügen gelehrt.«

Monsignore hielt seufzend inne und schüttelte den Kopf. Das Essen auf seinem Teller war inzwischen kalt geworden. Doch Pater O'Banion erinnerte ihn nicht daran. Statt dessen sagte er fast zärtlich: »Was die anderen ihn lehrten – daraus können Sie sich bestimmt keinen Vorwurf machen.«

Monsignore fiel ihm ins Wort. »Ja, aber er hat darauf gehört. Warum hat er diesen Lehren gelauscht? Woran lag's, daß ich ihm keine bessere Grundlage gegeben hatte? Ich habe den Jungen streng erzogen – vielleicht zu streng – besonders, was Frauen anging. Aber er wuchs zu einem ansehnlichen Burschen heran – und er sollte doch Priester werden. Nur eine Frau, warnte ich ihn, kann zwischen dich und Gott kommen. Eine Frau kann einen Mann so betören, daß er sich einbildet, im Himmel zu sein. Aber später entdeckt er, daß er mit ihr in der Hölle lebt –«

Er wiederholte diese Worte mit solcher Heftigkeit, daß Pater O'Banion errötete.

»Ich würde in einem solchen Falle das eine nicht vom anderen unterscheiden können«, meinte der Pater schüchtern, »denn ich habe mich noch nie in eine Frau verliebt, noch eine Frau sich in mich; das heißt, soviel ich weiß.«

»Oh, das würde sie Ihnen schon rasch zeigen«, sagte Monsignore mit trauriger Stimme. »Sie würde alle ihre Schliche ausprobieren. Das habe ich mit Ho-san in meiner eigenen Gemeinde erlebt. Da war ein Mädchen – aber Schwamm darüber! Ich habe sie zurechtgewiesen. Mit Gottes Hilfe habe ich ihn so beschützt, daß er nicht einmal ein Wort mit einem weiblichen Wesen wechselte. Das Ende vom Lied war, daß er weglief. Als Tschiangs Truppen erschienen, um die Verfolgung aufzunehmen, lief Ho-san mit den Kommunisten davon. Er hinterließ mir einen Brief, einen sehr guten Brief, aber es brach mir fast das Herz, als ich ihn las. Er schrieb, daß er auch die andere Seite hören wolle. Er habe sein ganzes Leben in dieser abgeschlossenen Missionssiedlung verbracht, wisse aber jetzt, daß außerhalb dieser Mauern noch eine andere Welt existiere. Er gehe nach Moskau. Die Roten hatten ihm versprochen, ihn dort zur Schule zu schicken. Oh, sie waren schlau – sie erkannten sein Genie. Sie haben ihn mir gestohlen . . .«

»Diese Teufel«, flüsterte Pater O'Banion vor sich hin. Er war von dieser Erzählung jetzt so gefesselt, daß er ganz vergaß, zum Fenster zu schielen oder auf das Knarren des Tores zu lauschen.

»Er schrieb mir von Zeit zu Zeit«, fuhr Monsignore fort. »Er hatte mir zu nahegestanden, um es nicht für seine Pflicht zu halten. Es waren ebenfalls gute Briefe – aber dennoch herzzerreißend, weil er falsche Lehren in sich aufsog. Es kam der Tag, O'Banion, an dem er mir kurz und unverblümt sagte, daß er nicht mehr an Gott glaube. An jenem Tag, O'Banion, schrieb ich nach Irland und bat um Erlaubnis, nach Hause kommen zu dürfen. Das war vor drei Jahren und sechs Monaten. Ich sagte mir, daß meine Arbeit hier vergeblich gewesen sei, und hielt es für das beste, wenn ich heim nach Irland ging, wo ich geboren war, und dort auf meinen Tod wartete. Es schien mir nichts anderes übrigzubleiben. Wenn Ho-san nicht an meine Stelle treten konnte, war alles, was ich bisher getan hatte, nicht genug. Mein Herz war völlig gebrochen.«

»Oh, du liebe Güte«, seufzte Pater O'Banion. Seine eigene Welt brach rings um ihn zusammen. Obwohl Monsignore stets ein verdrießlicher Autokrat gewesen war, war er dennoch der Fels, auf dem Pater O'Banion stand.

»Der Kardinal schrieb mir, daß ich hierbleiben müsse, daß man mir einen neuen jungen Priester zur Aushilfe schicke. Das waren Sie – «

»Ein armseliger Knecht«, flocht Pater O'Banion hastig ein.

»Die Beurteilung überlasse ich Ihnen«, erwiderte Monsignore großmütig.

Pater O'Banion stand in plötzlicher Unruhe auf. Er trat ans Fenster und blickte hinaus. Der Anblick, der sich ihm bot, fuhr ihm durch Mark und Bein. Ein junges Mädchen lehnte an der Wand, und der Wachtposten hielt sie dort fest, indem er einen Fuß gegen das Tor stemmte und mit der Spitze seines Bajonetts ihre linke Brust berührte.

»Heilige Jungfrau Maria!« hauchte O'Banion und bekreuzigte sich.

»Was ist nun schon wieder los?« erkundigte sich Monsignore, der inzwischen einige Bissen des längst kalt gewordenen Essens verzehrt hatte.

»Hier ist eine Person, die ich kenne«, erwiderte Pater O'Banion. Er riß das Fenster auf und rief mit lauter Stimme:

»Sui-lan, mach, daß du fortkommst. Geh sofort nach Hause zu deiner Mutter!«

Das Mädchen stieß den Soldaten beiseite, lief eilends zum Haus und blickte in das Fenster, vor dem Pater O'Banion stand.

»Ich habe Sie gefunden – oh, endlich habe ich Sie gefunden«, rief sie.

Pater O'Banion blickte in ihr hübsches Gesicht. »Wir sind hier Gefangene«, sagte er. »Ich kann nicht für dich sorgen.«

Sie lachte. »Ich werde für *Sie* sorgen«, erwiderte sie. »Ich komme jetzt in Ihr Haus, Pater!« Der Klang ihrer frischen Stimme, ihr heiteres Lachen fluteten durch das Zimmer wie Musik. Monsignore erhob sich vom Tisch und schritt zum Fenster.

Pater O'Banion drehte sich um. Der Gesichtsausdruck seines Vorgesetzten jagte ihm Angst und Schrecken ein. Mit einer gemurmelten Entschuldigung rannte er geräuschvoll zur Haustür, warf sich mit aller Wucht dagegen und zertrümmerte das Schloß. Draußen stand ein Posten, der ihm mit seinem Gewehr den Weg versperrte.

»Keiner darf heraus, keiner darf hinein«, erklärte er barsch.

Siu-lan schob das Gewehr beiseite. »Was soll das heißen: keiner darf hinein?« fragte sie in strengem Ton. »Ich bin auch eine Genossin und habe eine Botschaft für den Fremden.«

»Keine Botschaften«, rief der Posten.

Aber Siu-lan war bereits im Hause. Sie schlug die Tür zu und schob den Riegel vor. Der Posten nahm seine Mütze ab, kratzte sich den Kopf und wandte sich achselzuckend an seinen Gefährten.

»Schnappe sie dir, wenn sie herauskommt«, riet der zweite Soldat und kehrte wieder auf seinen Posten am Tor zurück. Er öffnete das Guckloch im Tor und stierte auf die Straße, während er nachdenklich mit einem Bambusstäbchen in seinen Zähnen herumstocherte.

Im Flur des Pfarrhauses blickte Pater O'Banion vorwurfsvoll in das kleine liebliche Gesicht hinab, das ihm kaum bis an die Schulter reichte. Sie sah so frisch aus wie eine Blume in ihrer sauberen blauen Baumwolljacke und Hose. Ihr geflochtenes schwarzes Haar war tief im Nacken zu einem Knoten geschlungen; die glatten schwarzen Stirnfransen über den bezaubernden schwarzen Augenbrauen waren frisch geschnitten, und ihre großen, mandelförmigen dunklen Augen waren von dichten, geraden schwarzen Wimpern umrahmt. In ihren Haarknoten hatte sie eine Kamelie gesteckt, die so rot glühte wie ihre Lippen.

»Siu-lan«, sagte Pater O'Banion tadelnd. »Du bist

mir wieder gefolgt, du *spalpeen**.« Er sprach chinesisch mit Ausnahme des irischen Ausdrucks *spalpeen,* für den es kein Wort im Chinesischen gab.

Ein engelhaftes Lächeln breitete sich über Siulans Gesicht. »Nennen Sie mich noch einmal so«, bat sie. »Bedeutet das Wort ›Geliebte‹?«

»Ganz und gar nicht«, erwiderte Pater O'Banion entsetzt. »Und ich habe dir früher schon gesagt, daß du das Wort ›Liebe‹ in meiner Gegenwart nicht aussprechen sollst. Als Priester darf ich mit Liebe nichts zu tun haben.«

»Ihre heiligen Schriften sind voll von diesem Wort«, entgegnete sie. Sie hatte eine hübsche Stimme, schmeichelnd wie die eines Kindes und verführerisch wie die einer Frau.

Pater O'Banion errötete. »Das ist nicht die Liebe, die du im Sinn hast«, erklärte er standhaft.

»Was für eine andere Art gibt es denn?« fragte sie mit unschuldiger Miene.

»Die reine Liebe Gottes«, sagte Pater O'Banion feierlich, »die mit Frauen überhaupt nichts zu tun hat.«

»Ist die Jungfrau Maria denn keine Frau?« Siulans Augen waren unschuldig, ihre Lippen aber leichtfertig, als sie diese Frage stellte.

»Sie ist die Mutter Gottes«, erwiderte Pater O'Banion mit ernster Miene, »und darf nicht unbedachtsam in Verbindung mit Liebe erwähnt werden.«

---

* Racker, Lausbube

Er sprach ziemlich gut Chinesisch, so daß sie ihn verstehen konnte, aber sein irischer Akzent brachte sie zum Lachen.

»Es ist seltsam«, bemerkte sie, »daß meine Sprache in Ihrem Munde so irisch klingt. Wo liegt Irland eigentlich?«

»Es ist eine grüne Insel, die durch ein kleines Meer von England getrennt ist.«

»Nehmen Sie mich mit, wenn Sie hingehen?« fragte sie träumerisch.

»Das wird noch lange dauern« antwortete er trübsinnig. »Und wenn es so weit ist, wirst du nicht dabei sein – ganz gewiß nicht! Ich würde wohl die Soutane ablegen müssen, wenn ich mit einer jungen, hübschen Frau an Irlands grüner Küste landete!«

»Aha, dann halten Sie mich also doch für hübsch«, rief sie.

»Nein, nein«, erklärte er hastig.

»Ich bin's aber«, beharrte sie.

»Ob du hübsch bist oder nicht, hat mit mir nichts zu tun«, sagte er mit fester Stimme. »Ich sehe dir nie ins Gesicht – wenn es sich eben vermeiden läßt.« Bei diesen Worten blickte er standhaft zu Boden.

In diesem Augenblick sah er die zierlichen Füße des Monsignore, die sich fast verstohlen näherten, und er zog Siu-lan mit sich ins Wohnzimmer.

»Setz dich da drüben hin«, befahl er, »und möglichst weit von mir entfernt! Wenn Monsignore hereinkommt, dann sprichst du nicht mit ihm, verstanden? Ich werde das Reden besorgen.«

Er blickte ihr streng in die Augen, bis sie gehorchte. Dann ging er zur Tür, wo ihm Monsignore bereits entgegenkam und ihn beiseite schob, um sich das junge Mädchen anzusehen, das da im Korbsessel – seinem angestammten Platz – saß. »Wer ist diese – diese Frauensperson?« erkundigte er sich auf chinesisch bei Pater O'Banion.

Pater O'Banion hüstelte verlegen. »Sie ist die Tochter einer Konvertitin, die auf meiner letzten Station im Nonnenkloster als Köchin tätig war.«

»Warum ist sie jetzt hier?« forschte Monsignore weiter.

Siu-lan antwortete selbst: »Ich kam hierher, um in der Nähe dieses guten Priesters O'Banion zu sein, damit er mir weiterhin Unterricht erteilen kann.«

Pater O'Banion unterbrach sie. »Womit du dein Versprechen gebrochen hast. Habe ich dir nicht gesagt, daß du mir nicht folgen sollst?«

»Stets haben Sie mir verboten, Ihnen zu folgen«, gab sie zu. »Und doch folge ich Ihnen immer.«

Pater O'Banion wandte sich eifrig seinem Vorgesetzten zu. »Manches Mal haben wir darüber gesprochen, Monsignore. Immer wieder habe ich ihr eingeschärft, daß sie sich von den guten Nonnen unterweisen lassen soll – und nicht von mir.«

Siu-lan lächelte ihr bezauberndes Lächeln. Grübchen erschienen mitten auf jeder rosigen Wange, und ihre länglichen, dunklen Augen ruhten voller Liebe auf dem großen Priester. »Ich schlafe immer ein, wenn mich die Nonnen lehren. Ihre Stimme allein hält mich wach, Pater.«

Pater O'Banion schielte zu Monsignore hinüber.

O weh, der kleine, starke Mann sah ihm voll ins Gesicht, und der Blick war nicht tröstlich. Monsignores Augen weiteten sich, und er spitzte den kleinen, vollen Mund. Dann zog er sein Taschentuch aus dem Ärmel und schneuzte sich geräuschvoll. Pater O'Banion hätte liebend gern zur Seite geblickt, aber es war ihm nicht möglich. Monsignore gestattete es nicht.

»Das ist eine sehr seltsame Geschichte«, bemerkte Monsignore. »Ist es wahr, daß Sie diesem jungen Mädchen Religionsunterricht erteilt haben?«

Pater O'Banion nickte.

»Wie kamen Sie dazu?« fragte Monsignore mit gefährlicher Ruhe.

»Sie besuchte mit ihrer Mutter meine Katechumenenklasse«, erwiderte Pater O'Banion, dem plötzlich der Schweiß ausbrach. Verstohlen hob er die rechte Hand und wischte sich mit dem Zeigefinger die Tropfen von der Stirn.

»Und sie setzte den Unterricht fort, nachdem die Mutter getauft war?« fragte Monsignore.

»Sie kam weiterhin«, antwortete Pater O'Banion verbissen.

»Aus welchem Grund empfing sie die Taufe nicht mit ihrer Mutter zusammen?«

»Sie machte geltend, daß sie noch mehr lernen müsse«, sagte Pater O'Banion stockend.

Er erinnerte sich daran, wie sie ausgesehen hatte, als sie in sein Studierzimmer kam, obwohl er sie mit der neuen Katechumenenklasse in die Kapelle bestellt hatte. Eigenmächtig, wie sie nun einmal war, weigerte sie sich, an der Klasse teilzunehmen, mit der Begründung, daß sie das alles schon vorher gehört habe. Statt dessen kam sie in sein Studierzimmer, wo er an einer Predigt arbeitete. Er und sie waren da allein, und er wußte sehr gut, daß es sündhaft war (wenn er auch inständig hoffte, es möge sich nicht so verhalten), besonders als sie die Tür schloß, die er geöffnet hatte, unter dem Vorwand, daß ein kalter Luftzug hereinkomme oder daß sie dadurch abgelenkt werde. Und dann hatte sie die Ellbogen auf den kleinen Tisch gestützt, den er als Schreibtisch benutzte, und er hatte ihr gegenübergesessen und versucht, sie nicht anzusehen, während er Fragen aus dem Katechismus stellte und doch die ganze Zeit den Blick nicht von ihr abwenden konnte, Gott möge es ihm verzeihen. Von neuem brach ihm der Schweiß aus –

»Also erschien sie weiterhin«, sagte Monsignore grimmig. »Und wie lange hielt das an? Tage? Oder gar Wochen?«

Pater O'Banion schüttelte nur den Kopf; er konnte keinen Ton hervorbringen.

»Doch nicht etwa Monate?« rief Monsignore erstaunt.

Pater O'Banion nickte jämmerlich.

»Mit Ihrer Einwilligung?«

»Mit Einwilligung ihrer Mutter.«

»War sie mit Ihnen allein?« Monsignores Stimme klang ernst.

»O nein«, erwiderte Pater O'Banion eifrig. »Es waren andere dabei – mehrere andere. Ich gestattete ihr nie, mit mir allein zu sein. Niemals – das heißt, nicht oft –, bestimmt nicht oft.«

Er sprach so hastig und mit solchem Nachdruck, daß Monsignore sich unwillkürlich nach dem Mädchen umdrehte. Siu-lan sah ihn aber nicht an. Ihr Blick war auf Pater O'Banion gerichtet, und um ihre rosigen Lippen spielte dasselbe Lächeln wie bei Eva, als diese im Paradies die Schlange unter dem Apfelbaum entdeckte.

Monsignore erkannte dieses Lächeln sofort. »Gehen Sie fort«, befahl er. »Verlassen Sie uns sogleich. Wir sind Gefangene in diesem Haus. Es schickt sich nicht für Sie, daß Sie bleiben.«

»Ich habe Erlaubnis, guter Herr«, sagte sie.

»Erlaubnis von wem?«

»Von dem Oberkommandierenden der Roten Armee in dieser Stadt, Oberst Ho-san.«

»Er hat Sie hierhergeschickt?« Monsignore war erstaunt.

»Er hat gesagt, ich könnte kommen«, parierte sie, »um für Pater O'Banion zu sorgen – und für Sie ... Um Ihr ehrenwertes Essen zu kochen und Ihre ehrenwerten Sachen zu waschen.«

Sie lächelte ihn an, und Monsignore geriet ins Schwanken. Dann senkte er den Kopf und bekreuzigte sich andächtig. »Gottes Wege sind unerforschlich«, sagte er zu Pater O'Banion. »Es ist vielleicht bestimmt, daß wir erlöst werden sollen. Setzen Sie den Unterricht dieser Frau fort, während sie – so Gott will – Mahlzeiten zubereitet, die wir essen können. Aber lassen Sie bei diesen Unterweisungen

Schicklichkeit und Anstand walten. Denken Sie an Ihr hohes Amt.«

»Ja, Monsignore«, flüsterte Pater O'Banion.

Er wartete, bis Monsignore das Zimmer verlassen hatte. Dann raffte er sein Priestergewand zusammen und eilte nach oben in seine Schlafzelle. Dort betete er allein seinen Rosenkranz und flehte die himmlischen Mächte an, ihn stark und kalt zu machen gegen ein schönes Mädchen mit einem schlichten, warmen Herzen.

ALS ER WIEDER herunterkam, wartete sie im Bambusgarten auf ihn. Dieser Garten lag auf der Südseite des Pfarrhauses und war von der Straße und dem Tor aus nicht zu sehen. Es war ein kleines, von einem Bambushain eingeschlossenes Fleckchen, wo Monsignore schon vor langer Zeit eine Steinbank hatte errichten lassen, um hier meditieren zu können. Er benutzte diesen Garten jedoch nicht mehr wegen der Feuchtigkeit, die allerlei kleines Getier anzog. Vor einigen Jahren hatte ein großer, alter Tausendfüßler – ein fünfzehn Zentimeter langes Biest mit einem dicken, schuppigen, von einer schwarzen Schale bedeckten Körper, vielen gelben Beinen, einem roten Kopf und einem stachligen, gegabelten roten Schwanz – Monsignores bloßen Knöchel oberhalb des Riemens seiner Strohsandale angegriffen, und er wäre beinahe an der Vergiftung gestorben. Danach konnte er nicht mehr im Bambusgarten meditieren. Tausendfüßler mit ihren roten Gabelschwänzen, erklärte er, ließen ihn mehr an den Teufel als an Gott denken.

Schaudernd dachte auch Pater O'Banion mehr an den Teufel denn an Gott, als sein Blick auf Siu-lan fiel. Er erkannte ihre Pose. Sie saß auf einem Bambusschemel. Ihre Füße, die in blauen Baumwollschuhen steckten, waren zierlich nebeneinandergestellt, und ihre Hände lagen sittsam gefaltet im Schoß ihres blauen chinesischen Baumwollkleides. Sie war der Inbegriff eines gefügigen jungen Mädchens, bereit, belehrt zu werden, bereit zu lernen – aber was? Das war die Frage! Sie erhob sich, als er aus dem Pfarrhaus kam, und stand erwartungsvoll da. Ihre großen, ruhigen, dunklen Augen waren auf sein Gesicht gerichtet, und sie lächelte nicht. Sie stand schweigend da, während er sich in angemessener Entfernung auf der Steinbank niederließ und den Katechismus aufschlug, den er aus seinem Zimmer mitgebracht hatte. Dann setzte sie sich wieder.

»Wo waren wir stehengeblieben?« fragte er.

»Sie wollten mir gerade die Zehn Gebote vorlesen, Pater, als Sie die Aufforderung erhielten, hierherzukommen«, erwiderte sie.

»Du hast ein sehr gutes Gedächtnis, mein Kind«, lobte er auf seine priesterliche Art.

»Ich erinnere mich an alles, was Sie mir sagen«, erwiderte sie mit holder Stimme.

Er blickte hastig zur Seite und flüsterte auf gut irisch: »Gott verzeihe mir.«

»Haben Sie etwas zu mir gesagt, Pater?« fragte sie.

»Nein, ich habe nicht mit dir geredet.«

»Haben Sie mit sich selbst gesprochen?«

»Nein – «

»Mit wem denn?«

»Mit Gott.«

»Hier in diesem Garten?« fragte sie und blickte mit unschuldsvollen Augen umher.

»Du kannst Ihn nicht sehen«, sagte Pater O'Banion. »Aber Er kann dich sehen. Und ich bin überzeugt, daß es Ihm nicht recht ist, daß du hier bist.«

Siu-lan dachte eine Weile darüber nach, wobei sie Pater O'Banion anlächelte.

»Merkwürdig, daß Er es meiner Mutter dann nicht kundgetan hat«, brachte sie schließlich hervor.

»Du willst mir doch wohl nicht erzählen, daß deine Mutter dir gestattet hat, mir zu folgen. Denn das glaube ich dir einfach nicht!« erklärte Pater O'Banion. »Ich habe ihr nämlich noch im allerletzten Augenblick, als ich Thomas bestieg und ihn mit einem Stoß in Bewegung setzte, dringend ans Herz gelegt, daß sie dich davor bewahren solle, mir zu folgen, falls sie sich nicht eine Sünde aufladen wolle.«

»Meine Mutter hat auch nichts damit zu tun. Ich kann Sie nicht belügen, Pater«, bekannte Siu-lan.

»Dann bist du fortgelaufen, du ungehorsames Kind«, sagte er streng.

»Das stimmt auch nicht ganz«, meinte sie. »Ich war allerdings sehr schlecht gelaunt und habe gar nichts gearbeitet. Ich war so unglücklich, als Sie nicht mehr da waren, um mich zu lehren! Und da hat meine Mutter mich mit dem Besen verprügelt und zu mir gesagt: ›Mach, daß du mir aus den Augen kommst, du Faulpelz!‹«

Hier hielt sie inne, um ihn mit ihren klaren, unschuldigen Augen anzusehen. »Also habe ich schleunigst gemacht, daß ich ihr aus den Augen kam, wie sie es mir befohlen hatte.«

Wieder lächelte sie ihm zu, und ihm wurde ganz schwach ums Herz.

»Bitte, Pater«, flehte sie, »lesen Sie mir die Zehn Gebote vor.«

Sie nahm wieder ihre lauschende, gefügige Pose ein, und was blieb ihm anderes übrig, als mit seiner Aufgabe zu beginnen? Er las ernst und langsam in gutem Chinesisch, aber mit seinem irischen Akzent. Er las die Gebote von Anfang bis zu Ende, ohne ein einziges Mal aufzublicken, und Siu-lan hörte aufmerksam zu.

Als er fertig war, blickte Pater O'Banion auf. Die Morgensonne war inzwischen über die Mauer des Gehöfts geklettert und warf einen breiten Streifen zwischen ihnen über die Bank. In diesem Glanz sah Pater O'Banion das schöne Mädchen, das ihn mit großen, dunklen Augen anbetete. Er versuchte den Blick abzuwenden und vermochte es nicht.

»Pater«, begann sie und blickte ihn durch ihre langen, glatten Augenwimpern an.

»Was willst du?«

»Müssen wir so viele Gebote befolgen?«

»Allerdings«, antwortete er ruhig und bestimmt.

»Befolgen Sie sie, Pater?«

»Ich tue mein Bestes, so Gott hilft«, seufzte er.

»Alle miteinander?«

»Alle miteinander«, bekräftigte er.

Sie überlegte. »Die ersten fünf sind leicht«, sagte sie schließlich, »aber das sechste, Pater – «

Er unterbrach sie. »Das sechste vor allem.«

Er versuchte eine strenge Miene aufzusetzen, aber wie sollte er das fertigbringen, wenn sie in diesen Sonnenglanz gehüllt war?

»Haben Sie niemals das sechste Gebot übertreten, Pater?«

Oh, diese hartnäckige Frau! Was sollte er mit einer solchen Frage anfangen? Er schob sie hastig beiseite. »Es ist nicht deine Sache, mich zur Rechenschaft zu ziehen.«

Sie blickte ihn zärtlich und doch durchdringend an und fuhr erbarmungslos fort: »Warum heiraten Sie eigentlich nicht, Pater? Damit Sie dieses Gebot nicht zu übertreten brauchen? Sie sind ein schöner Mann, jung und stark. Sie sehen sehr gut aus, besonders für einen Fremden. Sie sollten heiraten. Es wäre gut für Sie. Es ist für jeden Mann gut, wenn er sich eine Frau nimmt – das heißt, eine gute Frau, die kochen kann, was er gern ißt, die seine Sachen wäscht und ihn pflegt, wenn er krank ist.«

»Ich habe ein Gelübde abgelegt, niemals zu heiraten«, sagte er.

Ein Laut des Entsetzens entrang sich ihr.

»Aber warum, Pater? Andere fremde Priester heiraten doch und haben Kinder. Ich kenne einen Priester, der sechs Kinder und zwei Frauen hat. Als seine Frau starb, nahm er eine andere.«

»Das ist kein Priester«, erklärte ihr Pater O'Banion. »Es ist nur ein protestantischer Pastor. Sie dürfen sich eine Frau nehmen, wenn sie wollen – es gilt bei ihnen nicht als Sünde.«

»Wäre es für Sie eine Sünde?« fragte sie leise.

»Ganz gewiß.«

»Warum werden Sie dann nicht ein Protestant, Pater?« fuhr sie fort. »Sie könnten – wir würden – «

Pater O'Banion stand hastig auf. »Es ist höchste Zeit, daß ich Monsignore aufsuche.«

Siu-lan erhob sich ebenfalls. Mit kleinen eiligen Schritten folgte sie ihm und griff nach seiner Hand, um ihn zurückzuhalten.

»Sind Sie mir böse, Pater? Nicht böse sein – «

Ihre Stimme durchflutete sein Herz wie ein Lied. Er versuchte seine Hand wegzuziehen, aber er vermochte es nicht. Gegen seinen Willen klammerte er sich an ihre weiche, warme Hand. Er konnte sich nicht von ihr lösen, selbst wenn er es gewollt hätte, und er wußte jetzt leider nur zu gut, daß er es nicht wollte, selbst wenn er es gekonnt hätte.

»Ich möchte dich lehren«, sagte er mit schwacher Stimme. »Ich möchte dich lehren, eine gute Christin zu sein.«

Sie reichte ihm gerade bis an die Schulter, und er konnte es nicht vermeiden, sie anzusehen. Ihr Gesicht war wie eine Rose, aus der zwei dunkle, feuchtschimmernde Augen zu ihm aufblickten.

»Lehren Sie mich«, flüsterte sie. »Lehren Sie mich alles, was Sie wollen – lehren Sie mich alles!«

Er stand wie angewurzelt. Das Blut raste ihm

durch die Adern. Weiß der Himmel, was geschehen wäre, sagte er sich, wenn ihm in diesem Augenblick nicht Hilfe gesandt worden wäre in Gestalt seines kleinen, gedrungenen Vorgesetzten. Ja, Monsignore erschien auf den Stufen des Pfarrhauses und starrte die beiden mit seinen kleinen, runden blauen Augen an. Er hatte die Lippen gespitzt, und sein ganzes Wesen strahlte Mißtrauen und Empörung aus.

»O'Banion«, donnerte er. »Was tun Sie hier im Garten?«

»Er wollte mich die Zehn Gebote lehren«, antwortete Siu-lan ein wenig zu unschuldig.

Sie hielt immer noch Pater O'Banions Hand umklammert, aber der unglückselige Priester befreite sich mit einem heftigen Ruck.

Diesen Vorgang beobachtete Monsignore in allen Einzelheiten und richtete einen so langen Blick auf Pater O'Banion, daß selbst die Luft um sie herum zu verdorren und der Sonnenschein zu verblassen schien.

»Kommen Sie mit«, befahl Monsignore.

»Gewiß, sofort«, stieß Pater O'Banion atemlos hervor. Seine Hand brannte und zuckte immer noch, und er verbarg sie in den Falten seines Priestergewandes.

»Sie werden mit mir kommen und Ihr Brevier lesen«, sagte Monsignore mit derselben schrecklichen Stimme. »Sie werden doppelt solange lesen wie gewöhnlich und über Ihre eigene Seelenverfassung nachdenken. Sie werden sich prüfen, ob Sie sich sündig fühlen.«

»Das werde ich tun«, stöhnte Pater O'Banion.

Monsignore reckte sich zu seiner vollen Höhe und ging davon. Nach wenigen Schritten blieb er stehen, drehte sich um und wartete majestätisch, bis Pater O'Banion ihn eingeholt hatte. Dann eilte er mit wehender Soutane zur Kapelle. Pater O'Banion überragte ihn mit seiner hohen, jetzt unter einer Sündenlast gebeugten Gestalt. Keiner von beiden wandte sich nach Siu-lan um, die, die Hände in die Ärmel geschoben, mitten auf dem Pfad stand. Sie blickte ihnen nach und lächelte wie Kuan-jin selbst, die Göttin der Barmherzigkeit.

Sobald die beiden Priester ihrem Blick entschwunden waren, drehte sie sich rasch um und begab sich in die Küche. Ein erbärmlicher Raum, dachte sie, als sie sich verächtlich umblickte, eine richtige Männerküche, die nur die notdürftigsten Geräte aufwies. Und schmutzig obendrein: Teller, an denen kalte Eierreste klebten, und kohlrabenschwarzer Tee! Sie krempelte ihre Ärmel zurück und nahm eine Schürze in Augenschein, die an einem Nagel hing. Sie faßte sie mit Daumen und Zeigefinger an, steckte sie in den Ofen und hielt ein Streichholz daran.

Da keinerlei Lebensmittel zu sehen waren, kein Reis, kein Schweinefleisch, kein Fisch, kein Gemüse, holte sie aus einem geheimen Versteck in ihrer Kleidung ihren kleinen Geldvorrat – in einen roten Seidenfetzen gewickelte Münzen. Nachdem sie sich vergewissert hatte, daß kein schurkischer Soldat durchs Fenster schaute, zählte sie das Geld sorgfältig nach, legte drei Münzen beiseite, wickelte das übrige Geld in den roten Seidenlappen und versteckte es wieder in ihren Kleidern. Nach diesen Vorbereitungen ging sie rasch zum Tor. Als der Posten ihr frech den Weg vertrat, schob sie seine Hand von ihrer Schulter.

»Rühren Sie mich noch einmal an, und ich melde es dem Befehlshaber Ho-san!«

Das wirkte. Er trat zurück, salutierte und stand wie eine Bildsäule da, während sie sich auf den Weg zu den Märkten begab.

Es vergingen viele Stunden, ehe Pater O'Banion mit Erleichterung fühlen durfte, daß ihm vergeben worden war. Den ganzen Tag über betrachtete ihn Monsignore als einen Sünder, der eine Beichte ablegen sollte.

»Ich habe bestimmt nichts zu beichten«, protestierte Pater O'Banion wohl zum zehnten Male.

Es war Abend, und sie saßen allein in der Pfarrküche. Siu-lan war verschwunden. Keiner von ihnen wußte, wo sie steckte. Sie hatte das Pfarrhaus in wunderbar reinem Zustand hinterlassen, und auf dem Ofen standen ein Topf mit gutgekochtem Reis und ein anderer mit kleingeschnittenem Schweinefleisch und Gemüse. Pater O'Banion brauchte nur die Schalen mit den Eßstäbchen auf den Holztisch zu stellen. Die beiden Männer hatten gut gegessen, und Monsignore Fitzgibbon spürte, wie – allerdings gegen seinen Willen – eine weichere Stimmung sich seiner bemächtigte. Er wischte sich den Mund ab, trank einen Schluck von dem heißen chinesischen Tee und stellte sein Teeschälchen hin. Dann blickte er Pater O'Banion mit strenger Miene an.

»Wollen Sie mir etwa erzählen, daß es keine Sünde ist, die Hand einer Frau zu halten?« verlangte er zu wissen.

»Sie war es, die meine Hand ergriff«, beteuerte Pater O'Banion ängstlich, »und ich wollte gerade ihre Hand wie eine heiße Kartoffel fallen lassen, als Sie über mich herfielen. Ich war so erschrocken, daß ich gar nicht wußte, was ich eigentlich umklammerte.«

Monsignore hörte sich dies ungläubig an, war aber geneigt, Milde walten zu lassen. Das Pfarrhaus lag leer und schweigend da. Verschwunden waren die heiteren Diener, die Konvertiten, die zu Besuch kamen, die neugierigen Nachbarn. Über das Fenster huschte der Schatten des gestrengen, stets gegenwärtigen Postens, der mit seinem über die Schulter gehängten Gewehr draußen im Garten auf und ab ging. Ordnung und Disziplin herrschten im Gehöft. Es war kaum zu glauben, daß dies das Werk eines zarten jungen Mädchens war, das er nie zuvor gesehen hatte. Aber es mußte ja wohl so sein; denn ehe sie kam, herrschte nur heillose Verwirrung: die Soldaten waren ungehorsam und wüst, schlenderten überall herum, gafften durch die Fenster und zertrampelten den Rasen und die Blumenbeete. Trotzdem hatte Monsignore nicht die Absicht, Pater O'Banion rasch und leicht zu vergeben.

»Wie Sie sich unter den Augen des Postens so schlecht benehmen konnten, ist mir unverständlich«, klagte er. »Was muß er wohl gedacht haben, als er sie mit der Frau zusammen sah! Was für Schlechtigkeiten wird er daraus zusammenbrauen und gegen uns ins Feld führen, wenn die Zeit reif ist!«

»Heute morgen war kein Posten da«, erwiderte Pater O'Banion, »kein einziger Posten, das kann ich Ihnen versichern, Sir. Wir waren ganz allein im Garten.«

»Wie war denn das möglich?« fragte Monsignore bestürzt.

»Woher soll ich das wissen?« entgegnete Pater O'Banion.

»Das hat die Frau so arrangiert«, rief Monsignore.

Von einer neuen Furcht befallen, beschloß er plötzlich, seinem Kollegen zu vergeben. Er lehnte sich vor und stützte die Ellbogen auf den Tisch.

»O'Banion, ich warne Sie«, flüsterte er. »Was Sie getan oder nicht getan haben, ist in diesem Augenblick nicht so wichtig. Die Frau ist als eine Spionin der Roten hierhergeschickt, um Sie auf die Probe zu stellen. Wir sind hier eingeschlossen wie zwei Verbrecher. Ich gebe Ihnen am besten ein paar Verhaltungsmaßregeln für den Fall, daß mir etwas zustoßen sollte. Mich werden sie zuerst holen, diese verdammten Roten, wegen meines höheren Ranges. Dann werden Sie hier allein sein. Daher will ich Ihnen zeigen, wo Sie die nötigen Nahrungsmittel finden, damit Sie in der Lage sind, weiterhin die Sakramente zu verabreichen und den Besitz zu halten.«

Mit diesen Worten stand er auf und schlich auf Zehenspitzen über den Holzfußboden zu einem kleinen, lackierten Schrank. Er vergewisserte sich zunächst, daß kein Gesicht am Fenster zu sehen war, und da erst Zwielicht herrschte, hatte er die Kerze auf dem Küchentisch noch nicht angezündet. Nun schob er das Schränkchen zur Seite, wodurch ein loses Brett sichtbar wurde. Dieses Brett hob er auf und blickte in das dämmerige Loch.

»Gott sei Dank«, murmelte er. »Es ist noch alles so, wie es war. Keine Dose ist angerührt. Werfen Sie einen Blick über meine Schulter – «

Pater O'Banion beugte sich über die zusammengekauerte Gestalt. Unten in der schattigen Tiefe sah er einen Vorrat von Konservendosen: australische Butter und australisches Fleisch, holländischen Käse, amerikanische Milch, norwegischen Fisch.

»Du lieber Himmel!« flüsterte er. »Ein wahrer Schatz!«

»Mein Werk«, erklärte Monsignore triumphierend. Er legte das Brett über die Öffnung, und Pater O'Banion rückte den Schrank wieder an seinen Platz. Monsignore wischte sich den Staub von den Händen. »Ich wußte, daß die Roten kommen«, fuhr er fort. »Ich habe auch meine Spione. Meine Konvertiten informieren mich über alles, was die Roten tun. Ich sagte mir, falls sie uns einschlössen, würden wir wenigstens nicht hungern. Das Geld dafür habe ich mir aus der Kirchenkasse geliehen – wohlgemerkt, geliehen, und jeder Pfennig muß später wieder zurückgezahlt werden – «

Pater O'Banion streckte seine große, knochige Hand aus und umklammerte Monsignores Schulter. »Werfen Sie einen Blick aufs Fenster, Sir.«

Die beiden Priester erstarrten. Am Fenster, wo im letzten Taifun eine Scheibe herausgebrochen und noch nicht wieder ersetzt war, sahen sie das grinsende Gesicht des Messdieners.

»Ich bin gekommen, um Ihnen dies zu bringen.« Er hielt ihnen ein schmutziges Tuch entgegen, das vier Teigrollen enthielt.

»Er hat uns beobachtet«, flüsterte Pater O'Banion.

»Das macht nichts«, erklärte Monsignore standhaft. »Er ist ein guter Junge, ein treuer Bursche. Er wird nichts verraten.«

»Davon bin ich nicht so ganz überzeugt«, stöhnte Pater O'Banion.

Doch Monsignore war bereits am Fenster und nahm die vier Teigrollen in Empfang.

»Gut, mein Junge«, sagte er voller Begeisterung. »Sind sie mit Fleisch gefüllt?«

»Mit feingeschnittenem Schweinefleisch«, erwiderte der Junge. »Meine Mutter hat sie selbst gemacht.«

»Eine der besten Köchinnen«, lobte Monsignore.

»Ich zweifle an der ganzen Geschichte«, sagte Pater O'Banion, »und fürchte, daß sie den Jungen zum Spionieren hergeschickt haben.«

»Den Jungen halten Sie für einen Spion, aber

nicht das Mädchen«, entgegnete Monsignore zornig. »Bei Ihnen hängt es wohl vom Geschlecht ab, wer Spion ist. Dabei ist es allgemein bekannt, daß Frauen in jedem Kriege die besseren Spione sind und die dummen Männer betören, die ihren Lügen Glauben schenken . . .«

Während dieser Debatte hatte keiner von ihnen bemerkt, daß der Messdiener schon verschwunden war. Wenige Minuten später polterte es an der Klinke der Küchentür. Die Tür flog auf, und Ho-san stand in seiner jugendlichen Kraft vor ihnen. Hinter ihm erschienen sechs Soldaten mit gezückten Bajonetten.

»Ho-san!« rief Monsignore entrüstet. »Wie kannst du es wagen, ohne Anklopfen einzutreten?«

»Fremder Priester«, brüllte Ho-san, »wie können Sie es wagen, Ihre Vorräte vor uns zu verstecken? Wissen Sie nicht, was mit denen geschieht, die uns Trotz bieten?«

Pater O'Banion trat zurück und bekreuzigte sich. Ho-san, der diese Geste wahrnahm, schlug ihm die Hand herunter.

»Gott wird dich strafen, Ho-san«, warnte Monsignore.

Ho-san lachte laut. Er winkte seinen Leuten zu und äußerte einen Befehl. Sie sprangen vorwärts, warfen den Schrank um, rissen das Brett heraus und hatten in wenigen Minuten die Kartons mit den Konservendosen in die Küche gehoben und dann aus dem Hause geschafft. Die beiden Priester drückten sich gegen die Wand, während dieses vor sich ging. Pater O'Banion war nicht zum Reden aufgelegt. Er konnte nicht einmal die Bemerkung machen: »Ich habe es Ihnen ja gesagt, daß der Messdiener ein Verräter ist.« Denn er sah, daß Monsignore von dem Verrat tief getroffen und diesmal sprachlos war. Monsignore vergaß sogar, Ho-san Vorwürfe zu machen, was er gewiß getan hätte, wäre sein Schmerz nicht größer gewesen als sein Zorn.

Das Ganze dauerte nur wenige Minuten. Der Schatz war verschwunden, und das Loch gähnte sie leer an. Mit triumphierendem Gelächter schleppten die Soldaten die Kartons davon, und ohne ein Wort zu verlieren, schritt Ho-san ihnen voran. Sobald sie verschwunden waren, eilten die beiden Priester zum Fenster. Sie sahen, wie Ho-san zum Tor stolzierte, den Torwächter beiseite schob und ihm dann befahl zu helfen. Ohne jeglichen Protest gehorchte der Torwächter und half den Soldaten, die Kartons in den alten Wagen des Priesters zu laden, der draußen vor dem Tor wartete.

Monsignore Fitzgibbon stöhnte. Atemlos und schweigend hatte er dagestanden, das Gesicht an die Fensterscheibe gepreßt, während Pater O'Banion ihm über die Schulter blickte.

»Jetzt haben wir niemanden mehr«, seufzte er und wandte sich ab. Er sank auf einen Stuhl am Tisch und stützte den Kopf in die Hände – eine niedergeschlagene Gestalt in dem dämmerigen Raum. »Selbst der Torwächter hilft dem Feinde. Dabei habe ich all diese Jahre hindurch seinen Kindern Nahrung und Kleidung gegeben. Heilige Mutter Gottes, wo habe ich versagt, daß alle mich in meiner Not im Stich lassen?«

»Sie sind nicht abtrünnig geworden«, tröstete ihn Pater O'Banion. »Sie haben nur Angst vor den Gewehren. Stellen Sie sich doch nur vor, verehrter Monsignore, Sie hätten kein Gewehr und ein großer, starker Geselle wie dieser Ho-san käme mit einem Haufen Soldaten auf Sie zu: würden Sie da nicht auch vorübergehend nachgeben? Das gebietet der gesunde Menschenverstand. Man kann nichts anderes erwarten.«

»Aber ich habe das Unerwartete erwartet«, sagte Monsignore eigensinnig. »Was für einen Zweck hat mein Leben, wenn ein Konvertit nicht besser ist als ein gewöhnlicher Sterblicher?«

Im nächsten Augenblick sahen die beiden in der Tat etwas Unerwartetes. Das Tor war wieder zugeschoben. Die Soldaten standen draußen auf der Straße, und der Wächter hatte gerade das Torhaus betreten, als Ho-san zurückkehrte, auf der Schwelle stehenblieb und im Garten Umschau hielt, ob nicht irgend etwas noch mitzunehmen sei. Nur der Esel Thomas befand sich noch im Schatten des Bambushaines. Impulsiv legte Ho-san sein Gewehr nieder, schritt auf den Esel zu und wollte ihn gerade losbinden, als plötzlich die schlanke Gestalt von Siu-lan aus dem Gehölz schoß.

Sie stellte sich mit ausgebreiteten Armen mitten auf den Pfad, um zu verhindern, daß Ho-san die Zügel des Esels ergriff. Was sie sagte, konnten die beiden Priester in der Küche nicht hören, aber sie sahen ihr lebhaftes Gesicht, mit dem sie zu dem großen jungen Soldaten aufblickte – scheltend, vorwurfsvoll, zornig über das, was sie von ihrem Versteck aus beobachtet hatte. Monsignore schob ganz leise das Fenster hoch, und ihre Stimme schallte ins Zimmer.

»Sind Sie auch ein Räuber?« fragte sie. »Sind Sie nicht besser als die feindlichen Soldaten, die Sie bei Ihrem Einzug aus der Stadt getrieben haben? Die haben Sie als Räuber bezeichnet! Sie behaupteten, Ihre Leute würden nicht rauben oder plündern – o nein, Sie waren alle edle Menschen, Sie Kommunisten. Und Sie, der Befehlshaber, der große Mann, Sie stehlen einen Esel – ein kleines, gewöhnliches Tier – «

»Dummes Weib«, schrie Ho-san. »Ich stehle nicht – ich konfisziere im Namen – «

»In Ho-sans Namen«, stichelte sie. »Im Namen des großen Ho-san. Oberst in der Roten Armee, Retter des Volkes! Was für ein Sieg! Ho-san und seine Soldaten erschienen, um zwei einsame fremde Priester zu berauben, die keinen Beschützer haben!« »Sie – Sie Christin!« zischte Ho-san. »Sie verdienen, erschossen zu werden!«

»Dann holen Sie doch Ihr Gewehr«, höhnte sie. »Nehmen Sie Ihr Gewehr und erschießen Sie mich. Ich bin ebenfalls wehrlos. Ich bin nur eine Frau.«

Der Schein der Abendröte am westlichen Himmel fiel auf ihr hübsches Gesicht, auf ihre vor Zorn lodernden Augen, auf ihre geröteten Wangen. Sie verschränkte die Arme auf der Brust. Ho-san betrachtete sie und lachte plötzlich.

»Stimmt – ich habe eine bessere Verwendung für Frauen. Warum sollte ich eine Kugel an Ihnen verschwenden?«

Mit diesen Worten ergriff Ho-san ihre Ellbogen und zog sie zu sich heran. Es war nicht so leicht für ihn; denn sie wehrte sich wie ein zorniges Kind, trat ihn ans Schienbein, biß ihn in die Hand, drehte und wendete sich voller Verzweiflung, ohne jedoch einen Laut von sich zu geben.

»Gott erbarme Dich«, flüsterte Monsignore am Küchenfenster.

Plötzlich verdeckte Pater O'Banion die Augen mit der Hand und begann zu beten. Doch Monsignore ließ es nicht beim Gebet bewenden. Er schlüpfte durch das Fenster, sprang mit dumpfem Aufprall in das darunterliegende Blumenbeet und stürzte über den schmalen Rasen. »Laß sie los, du – du großer Tölpel«, schrie er Ho-san auf gut irisch an. Chinesisch war hier nicht am Platze. Die Worte, die ihm auf die Zunge kamen, waren Ausdrücke, die er längst vergessen zu haben glaubte. »Du schmutziger Teufel«, brüllte er. »Du Satansbraten!«

Ho-san schenkte ihm nicht mehr Aufmerksamkeit als einem kampflustigen Spatzen. Er hielt das sich sträubende Mädchen fest im Arm, während Monsignore ihn gegen die Beine trat und mit seinen kleinen geballten Fäusten auf seinem Hintern herumtrommelte. Aber er hätte ebensogut gegen einen Baumstamm treten und auf einen Felsen schlagen können. Ho-san ignorierte diese schwächliche Attacke, bis er auf einmal die scharfen Zähne von

Monsignore in seinem Oberschenkel spürte. Seine Uniform war nur aus dünner Baumwolle, und der Biß schmerzte ihn. Er ließ Siu-lan los, wirbelte herum und fiel über Monsignore her. Er hob den Priester auf wie ein Baby und wollte ihn gerade auf den Steinpfad schleudern, als er sich plötzlich wie von großen Windmühlenflügeln angegriffen fühlte. Es war Pater O'Banion. Mitten im Gebet hatte er ein Auge geöffnet, um zu sehen, was Monsignore anfing, und sein Gebet sofort abgebrochen.

»Ich brauche eine Minute für mich, o Herr«, murmelte er und sprang durchs Fenster, wobei er seine Soutane zerriß, was er jedoch nicht beachtete.

In der nächsten Sekunde fiel er über Ho-san her, und der Befehlshaber spürte eine mächtige Tatze auf seiner Schulter und dann einen schauderhaften Schmerz. Er heulte auf, und Monsignore glitt ihm aus den Händen. Dann wurden ihm die Arme auf dem Rücken festgehalten, und wie sehr er sich auch winden und drehen mochte, er konnte sich nicht rühren und stand keuchend und zähneknirschend da.

»Ich danke Ihnen, O'Banion«, sagte Monsignore, der seine Soutane zurechtzog und tief Atem schöpfte.

»Gehen Sie ins Haus, Sir«, rief Pater O'Banion. »Es ist leichter für mich, wenn ich Sie in Sicherheit weiß, während ich mich mit diesem – diesem Wüstling befasse.«

»Wenn Sie darauf bestehen«, meinte Monsignore. »Aber ich will Ihnen gern dabei behilflich sein.«

»Überlassen Sie ihn mir«, bat Pater O'Banion. »Und Siu-lan, du gehst ebenfalls ins Haus zurück.«

»Werden Sie mit ihm fechten?« fragte Siu-lan.

»Nein«, erwiderte Pater O'Banion. »Ich bin ein friedlicher Mann. Ich werde nicht für mich selbst kämpfen.«

»Oh – oh«, seufzte sie.

»Geh zurück«, sagte er streng.

Sie schmollte, während er Ho-san festhielt.

»Ich gehe nicht ins Haus«, erklärte sie energisch.

»Dann gehe wenigstens in den Hain«, befahl er.

Ihre Blicke trafen sich, aber er gab nicht nach. Was blieb ihr anderes übrig, als zu gehorchen? Sie lief in den Bambushain und stellte sich wartend neben Thomas, der immer noch an seinem Baum angebunden war. Von hier aus beobachtete sie alles, was vorging.

Pater O'Banion ließ Ho-san jetzt los und trat zwei Schritte zurück. Ho-san blickte ihn wutschnaubend an.

»Ich habe kein Verlangen, Ihnen wehe zu tun«, sagte Pater O'Banion in mildem Ton auf chinesisch. »Sie mögen jetzt in Frieden von dannen ziehen.«

Die beiden standen sich gegenüber: der Priester, eine hagere, gebeugte Gestalt, sein ehrliches Gesicht nicht anders als in den Tagen, wo er auf der winzigen Farm seines Vaters in Irland arbeitete, und Ho-san, der hübsche, junge chinesische Offizier, arrogant und grausam.

»Sie – Sie Christ«, höhnte Ho-san. »Jetzt reichen Sie mir die andere Wange.«

»Es tut mir unendlich leid, daß ich mit Ihnen ringen mußte«, sagte Pater O'Banion. »Meine eigene Natur und meine Religion verbieten es mir.«

»Ich will doch mal sehen, wie sich Ihre Religion in der Praxis auswirkt«, bellte Ho-san. Damit hob er die rechte Hand und schlug Pater O'Banion auf die linke Wange. Der Priester zuckte nicht zusammen, sondern blickte Ho-san fest in die Augen.

»Und nun die andere Wange«, schrie Ho-san.

Pater O'Banion rührte sich nicht. Er spürte einen scharfen Schlag auf seiner rechten Backe.

»Sie fremder Teufel!« kreischte Ho-san. »Sie amerikanischer Spion! Ihr Priester seid alle amerikanische Spione. Sie Schweinehund!«

Siu-lan, die durch die Bambuszweige hindurchlugte, konnte diesen Anblick nicht ertragen. Warum verteidigte sich dieser große Ausländer nicht? Vor wenigen Augenblicken war er der Starke, der Sieger gewesen, und nun warf er diesen Sieg fort. Warum erniedrigte er sich wie ein Diener?

»Oh, geistlicher Vater«, jammerte sie. »Warum lassen Sie sich schlagen?«

»Er hat keinen Schneid«, brüllte Ho-san. »Er ist nur ein Papiertiger. Seine Kraft ist bald verpufft – seht nur her, wie ich mit ihm verfahre – so – so – und so – und so – «

Mit jedem »so« versetzte er Pater O'Banion einen Schlag, bald auf die linke, bald auf die rechte Wange. Siu-lan begann laut zu schluchzen, und vom Küchenfenster her ertönte Monsignores Stimme durch den Garten:

»Knallen Sie ihm eine, O'Banion! Die heilige Mutter Gottes wird ihr Gesicht solange abwenden.«

Auf diese Weise ermutigt, spürte Pater O'Banion auf einmal keine Gewissensbisse mehr. Er hob seine rechte, zur Faust geballte Hand und versetzte Hosan einen raschen, scharfen Schlag in die Magengrube. Ho-san krümmte sich vor Schmerzen und stieß einen lauten Schrei aus. Er torkelte zum Tor, während er sich mit den Händen den Magen hielt. Der Wächter öffnete schnell und ließ ihn hinaus. Dann riegelte er ebenso hastig wieder ab. Pater O'Banion verfolgte die Geschehnisse nicht weiter. Ohne Siulan auch nur eines Blickes zu würdigen, ging er ruhigen Schrittes auf das Haus zu. Er trat ein und schloß die Tür.

Monsignore kam ihm freudestrahlend entgegen: »Tapferer Mann! Als ich sah, wie Sie mit der Faust –«

Pater O'Banion wehrte kopfschüttelnd ab. Seine Finger hielten das Kreuz seines Rosenkranzes. Sein Gewissen war wieder lebendig, und es war nicht der Schlag, der die kleine Kreatur in seinem Innern dazu aufputschte, ihm wieder die Hölle heiß zu machen – nein, nein, es war etwas viel Schlimmeres.

O'Banion, murmelte das Wesen in seiner Brust, du weißt sehr gut, weshalb du aus dem Fenster gesprungen und über den Mann hergefallen bist. Solange es nur um Monsignore ging, hast du die Augen geschlossen und Gott gebeten, sich der Sache anzunehmen. Doch als du sahst, daß Monsignore hilflos und das Mädchen immer noch in den Klauen dieses roten Teufels war, hast du dich nicht mehr auf Gott verlassen, sondern die Sache selbst in die Hand genommen. Was hast du zu deiner Entschuldigung vorzubringen? Und du willst ein Priester sein? Ha!

»Bitte, Monsignore«, flüsterte er mit gesenkten Lidern, »wenn Sie nicht mehr davon sprechen wollten – «

Er ließ seinen Vorgesetzten plötzlich stehen, weil sich seine Augen mit Tränen füllten. Ein paar Sekunden später war er in seinem Zimmer hinter verschlossener Tür und fiel ganz verwirrt neben seinem Bett auf die Knie. Was war mit ihm geschehen? Weshalb mußte er sich dessen bewußt werden? Warum mußte es ihm dort im Garten inmitten aller Unruhen und Gefahren seines gegenwärtigen Lebens enthüllt werden? Er liebte eine Frau. Das Schlimmste, was einem Priester widerfahren konnte, war ihm zugestoßen.

Er verließ sein Zimmer nicht mehr an diesem Abend. Als er seine Gebete beendet hatte (und er hörte nicht eher auf, als bis ein bißchen Frieden in sein Herz eingezogen war), legte er sich auf sein Bett und deckte sich mit der groben Kamelhaardecke zu. Die Nacht war hereingebrochen, aber er hatte kein Verlangen, die Kerze auf dem Tisch anzuzünden. Das Haus lag schweigend da. Monsignore ließ nichts von sich hören, und Pater O'Banion war zu abgespannt, um sich darüber Gedanken zu machen. Er hatte in seinem ganzen Leben noch nie eine Frau geliebt, da er wußte, daß eine solche Liebe für ihn eine Todsünde bedeutete. Das hatte er von dem Tage an gewußt, als sein Vater und seine Mutter, die eine kleine irische Farm bewirtschafteten, beschlossen hatten, daß er, der älteste von sechs Söhnen, der Priester in der Familie werden sollte. Es war ein feierlicher Entschluß gewesen, und er konnte sich noch entsinnen, wie er, ein rotwangiger Junge von zwölf Jahren, mit seinem Vater ein Kartoffelfeld jätete. Am Tag zuvor war er mit einem Mädchen ausgegangen. Das war Aschermittwoch. Sie war das erste Mädchen, das er je angesehen hatte, obgleich man in jenen Tagen in der Grafschaft Wicklow früh damit begann. Er war am Ende einer Kartoffelreihe angelangt, und sein Vater stieß mit ihm am Ende der nächsten Furche zusammen.

»Ruhe dich ein bißchen aus«, hatte sein Vater begonnen. »Ich habe dir etwas zu sagen.«

Er hatte sich dann hingekauert und zugehört.

»Ich wollte dir nur sagen, daß du der Priester in unserer Familie sein sollst. Von sechsen muß unbedingt einer der Kirche gegeben werden, und du bist derjenige. Es ist daher am besten, wenn du nicht mit einem Mädchen gehst. Das führt dich nur in Versuchung.«

Er hatte vor Bestürzung geschwiegen. Ein Priester! Das mußte er sich erst einmal durch den Kopf gehen lassen. Doch war ihm nicht der Gedanke gekommen, sich zu weigern. Das wäre Gott und seinem eigenen Vater gegenüber unehrerbietig gewesen. Also war er Priester geworden und niemals wieder mit einem Mädchen ausgegangen. Gegen die Versuchungen seines eigenen Fleisches hatte er, so gut er es vermochte, angekämpft. Jetzt mußte er dieser neuen Versuchung widerstehen. Er durfte sich keinem sündhaften Gedanken hingeben. Er durfte nicht an Siu-lan denken, wie sie da in der grünen Dämmerung gestanden hatte – hier stöhnte er und barg den Kopf in den Armen. Noch während er sich ermahnte, nicht daran zu denken, war er doch nur von ihrem Bild erfüllt. Niemals konnte er es vergessen. Nun, er mußte sich eben mit der Erinnerung abfinden und alle anderen Gedanken unterdrücken. Sie durfte ihm nie mehr sein als ein Schatten im Bambushain, eine Erscheinung, eine Statue – nein, eine Statue war auch nicht das richtige, denn dabei dachte er an die Heilige Jungfrau Maria, und das war in der Tat gottlos. Wenn er doch allen Gedanken Einhalt gebieten und die Erinnerung auslöschen könnte! Dies war also Liebe; die Liebe, die man ihn zu meiden gelehrt, vor der man ihn gewarnt hatte! Aber niemand hatte ihm je gesagt, daß sie sich bei ihm einschleichen, sein ganzes Wesen durchdringen und mit seinem Blut durch die Adern in sein Herz fließen würde! Wie konnte er die Liebe auslöschen? Doch nur durch den Tod selbst. Wie konnte er in dieser Qual leben?

Er nahm ein Buch vom Tisch neben seinem Bett, zündete die Kerze an und begann zu lesen. Wenn er über die heiligen Worte des Apostels Paulus nachdachte, würde er vielleicht alles andere vergessen.

»Es ist besser zu heiraten, als sich zu verzehren – « Paulus wußte also, was es bedeutete, sich vor Liebe zu verzehren! Nein, hier gab es auch kein Entrinnen.

Gerade wollte er das Buch zumachen, da öffnete sich ganz leise die Tür. »Haben Sie die kleine Glocke auf Ihrem Tisch geläutet?«

Es war ihre Stimme. Allerdings stand eine kleine Messingglocke auf dem Tisch, die aber seit der Flucht der Dienstboten völlig zwecklos war.

»Ich habe nicht geläutet«, erwiderte er und blickte standhaft in sein Buch.

»Ich habe aber die Glocke gehört«, beharrte sie.

Er sah sie über das Buch hinweg an. Er konnte einfach nicht anders. Sie stand dort an der Tür, vom Kerzenlicht umflossen. Wie verlockend sie doch war! Gott möge es ihm verzeihen!

»Du weißt sehr gut, daß ich nicht geläutet habe.«

Sie kam drei Schritte näher und blickte ihn mit ihrem lieblichen, neckischen Lächeln an. »Sie verschwanden vorhin so rasch aus dem Garten. Ich wollte Ihnen noch sagen, wie tapfer Sie waren. Nun weiß ich, daß Sie ein großer Mann sind. Sie überragen alle anderen Männer. Sie – Sie sind in meinen Augen wie ein Gott.«

Er starrte sie an und verschlang die wundersamen Worte, die von ihren Lippen sprangen, während er vor Entsetzen über seine Gefühle zitterte. Sein Mund war wie ausgedörrt; er konnte nichts sagen.

Wieder kam sie drei Schritte näher und stand mit

gefalteten Händen vor ihm. »Was kann ich für Sie tun?« fragte sie.

»Nichts«, erwiderte er.

»Ich will alles für Sie tun«, sagte sie.

»Dann verlasse mich«, bat er. »Verlasse mich sofort, rasch – rasch!«

Er kehrte das Gesicht zur Wand und schloß die Augen. Sie wartete noch einen Augenblick, und dann hörte er sie leise fortgehen. An der Tür blieb sie stehen.

»Wenn Sie mich aber brauchen?« fragte sie mit weicher Stimme.

Wie konnte er es sich versagen, wieder den Kopf zu wenden und sie anzusehen, wie sie dort stand? Er knirschte mit den Zähnen und lag still.

»Geh fort, geh fort!« rief er ihr zu.

Er hörte, wie sich die Tür schloß.

»Satan, dieses Mal habe ich gewonnen«, murmelte er. »Ich habe sie fortgeschickt. Du bist sicher überrascht – aber ich habe es geschafft.«

Er nahm sein Buch wieder zur Hand und las den Text Wort für Wort mit lauter Stimme, so daß er selbst hören konnte, wie er seine eigene Seele ermahnte. Dann hielt er inne. Da war jemand an der Tür. Machte sich jemand an dem Griff zu schaffen? Vielleicht kam sie zurück.

»Heilige Mutter Gottes«, betete er, »da denke ich nun schon wieder an sie! Wie soll ich meine Seele retten, wenn das so weitergeht?«

Er legte das Buch fort, schüttelte sein Kopfkissen zurecht und legte sich hin, um zu schlafen. Müde genug war er nach allem, was heute geschehen war, und nun hatte er auch noch diese Last zu tragen, bis er sie irgendwie abstoßen konnte. Er streckte die Hand nach der Kerze aus und löschte sie zwischen Daumen und Zeigefinger. Das Zimmer lag sofort im Dunkeln, und in dieser Dunkelheit fegte er mit dem Ärmel seiner Soutane die Glocke vom Tisch, die klirrend zu Boden fiel.

Im selben Moment vernahm er das Öffnen der Tür.

»Diesmal habe ich die Glocke aber gehört«, sagte Siu-lan.

»Ich habe nicht geläutet«, erwiderte er. »Die Glocke ist vom Tisch gefallen.«

Er tastete nach den Streichhölzern und zündete die Kerze an. Da stand sie wieder, lachend und lieblich wie ein glückliches Kind.

»Sie flunkern«, sagte sie mit sanfter Stimme. »Sie brauchten mich. Da haben Sie geläutet und das Licht ausgemacht.«

»Das ist nicht wahr«, rief er. »Die Glocke liegt auf dem Fußboden.«

»Ich sehe sie nicht«, erklärte sie.

»Dann liegt sie unter dem Bett.«

Am liebsten wäre er aufgestanden und hätte sie aus dem Zimmer geschoben, aber er wagte es nicht. Wenn er sie berührte, wäre es vorbei mit seinem Priesteramt. Er mußte außer Reichweite bleiben.

»Ich werde sie Ihnen suchen«, erbot sie sich.

Bevor er es verhindern konnte, war sie, geschmeidig wie ein Kind, unter sein Bett gekrochen und tastete auf den nackten Dielen herum.

Wer konnte ahnen, daß Monsignore Fitzgibbon gerade diesen Augenblick wählen würde, um an die Tür zu klopfen? Was für ein Impuls ihn um diese Stunde aus seinem Zimmer trieb, steht in den Sternen. Vielleicht spürte er unbewußt eine seltsame neue Spannung in der Luft des Pfarrhauses. Vielleicht fühlte er sich auch nur vereinsamt, da sein Kollege sich stundenlang nicht hatte blicken lassen. Auf jeden Fall klopfte er ein einziges Mal und trat dann unverzüglich ein.

»O'Banion«, begann er.

Beim Klang seiner Stimme zog Siu-lan ihre kleinen Füße unter das Bett und die herunterhängende Decke wie einen Vorhang hinab.

Pater O'Banion richtete sich sofort auf und schwang die Beine über den Bettrand, aus dem wilden Impuls heraus, Siu-lan vor Monsignores Blicken zu verbergen. Daß es ein falscher Impuls war, dessen wurde er sich in der nächsten Minute bewußt, aber er konnte es nicht mehr ändern.

»O'Banion«, sagte Monsignore, ohne etwas zu merken, »ich bin in der Lebensgeschichte des Heiligen Thomas auf eine Stelle gestoßen, die sich genau auf unseren Fall anwenden läßt. Ich habe Trost darin gefunden und glaube, daß es Ihnen auch so ergehen wird.«

»Trost kann ich gut gebrauchen«, seufzte Pater O'Banion.

Monsignore drückte ihm ein kleines, abgegriffenes Buch in die Hand und setzte sich auf den Bambusschemel neben dem Tisch.

»Lesen Sie die Stelle laut vor«, gebot er. »Ich will die Augen schließen, um besser hören zu können.«

Er spreizte die Beine, legte eine wohlgenährte Hand auf jedes Knie und schloß fest die Augen. Pater O'Banion begann mit erstickter Stimme zu lesen.

»Und der Herr sprach zum heiligen Thomas und sagte: ›Willst du überall hingehen, wohin ich dich auch schicke, Thomas?‹

›Herr, das will ich tun‹, erwiderte Thomas, ›ich will hingehen, wohin du mich schickst, nur nicht nach Indien. Nach Indien will ich nicht gehen.‹

Worauf der Herr erwiderte: ›Aber nach Indien möchte ich dich gerade schicken, Thomas. Und du verdienst nicht den Namen, den dir deine Anhänger gegeben haben, nämlich: der Heilige, wenn du nicht das Leben eines Heiligen in Indien führst!‹«

»Eindrucksvolle Worte«, bemerkte Monsignore und öffnete die Augen. »Für uns hat es folgende Bedeutung: wenn wir nicht hier das Leben von Heiligen führen – «

In diesem Augenblick sah er zufällig eine leichte Bewegung unter dem Bett und brach mitten im Satz ab.

»Was ist da unter dem Bett?« fragte er.

Pater O'Banion spürte eine plötzliche Übelkeit. »Sehen Sie etwas?« fragte er mit schwacher Stimme.

Monsignore beugte sich jetzt hinab, und sein Blick wurde starr.

»Ich sehe einen Fuß – einen Frauenfuß. O'Banion!« rief er dröhnend.

»Ich schwöre – « begann Pater O'Banion, aber in dieser Sekunde kam Siu-lan mit der Glocke in der Hand zum Vorschein und richtete sich auf.

»Hier ist die Glocke«, sagte sie unschuldig. »Ich habe sie wiedergefunden, Pater. Sie war bis an die Wand gerollt.«

Sie stellte die Glocke auf den Tisch und klopfte ihre rosa Jacke ab. »Ich muß unbedingt mal den Staub unter Ihrem Bett wegfegen«, fuhr sie immer noch arglos fort. »Seit langem ist hier nicht mehr gefegt worden. Es ist gut, daß ich hier bin, um Ihnen zu dienen – allen beiden.«

»O'Banion«, ertönte Monsignores gewaltige Stimme von neuem. »Was für eine Entschuldigung – «

»Ich hörte diese Glocke läuten«, sagte Siu-lan in sanftem Ton. »Und da bin ich hereingekommen, um zu sehen, was er wünschte. Es stellte sich aber heraus, daß die Glocke nur vom Tisch gefallen war, als er die Kerze anzündete. Sie lag unter dem Bett – «

»Hinaus mit dir, Weib!« donnerte Monsignore.

»Es ist auch Zeit, daß ich den Reis für Ihre Abendmahlzeit koche«, erwiderte Siu-lan und verneigte sich so graziös wie eine Weide im Wind, bevor sie das Zimmer verließ.

Monsignore erhob sich von seinem Platz, eine kleine Gestalt, die von einem unheimlichen Zorn erfüllt war.

»Knien Sie nieder«, befahl er. »Werfen Sie sich auf die Knie, O'Banion, und bitten Sie Gott um Vergebung. Verriegeln Sie heute abend Ihre Tür, und morgen treffen wir uns im Garten, um sieben Uhr in der Frühe, ehe Sie etwas gegessen oder getrunken haben. Dann werden wir die Sache besprechen. Im Augenblick erfüllt mich ein so gewaltiger Zorn, daß ich es nicht wage.«

»Aber, Sir«, flehte Pater O'Banion, »ich habe mir nichts zuschulden kommen lassen – «

Monsignore warf ihm einen durchbohrenden Blick zu. »Etwas, das ich in Ihren Augen sehe, gefällt mir nicht«, erwiderte er in strengem Ton.

Mit diesen Worten marschierte er davon und schlug die Tür hinter sich zu. Seufzend trottete Pater O'Banion mit bloßen Füßen zur Tür und riegelte sie ab. Dann sank er neben seinem Bett auf die Knie und versuchte zu beten, schlief aber statt dessen vor Erschöpfung und lauter Trübsal ein. Es war Mitternacht, als er, vor Kälte zitternd, erwachte und ins Bett kroch, wo er bis Tagesanbruch schlief.

PÜNKTLICH UM SIEBEN Uhr war Pater O'Banion am nächsten Morgen im Garten. Der Schlaf hatte ihm keine Ruhe gebracht. Sofort beim Erwachen war der Konflikt wieder da. Zwei Kräfte rangen in seinem Innern miteinander: der Priester und der Mann, und bisher hatte noch keiner gewonnen. Er erhob sich von seinem Lager, erschöpft und grimmig, rebellisch und bußfertig zugleich. Doch wofür sollte er Buße tun, forschte der Mann in ihm. Er hatte keine Sünde begangen. Seiner Meinung nach hatte er sogar eine Belohnung als Priester verdient, weil er nicht einmal in Gedanken gesündigt hatte.

Gehorsam sprach er seine Morgengebete. Dann wusch er sich und zog eine saubere Soutane an aus verblichenem blauem chinesischem Leinen. Als er seine Tür öffnete, wehte ihm eine frische Morgenluft entgegen, und er wanderte aus dem Pfarrhaus in den Garten, wo er sich auf die Steinbank setzte. Irgendwann in der Nacht hatte es geregnet, und in einer Pfütze nahm eine Drossel mit viel Gezwitscher und Geplansche ihr Morgenbad. Er saß so still, daß sie sich nicht gestört fühlte. Erst als Monsignore erschien, flog sie aufgeschreckt davon, und Pater O'Banion erhob sich von seinem Sitz.

Monsignore kehrte heute ganz und gar den Priester heraus. Seine Soutane war frisch, das Kruzifix hing strahlend auf seiner Brust, und er trug einen kleinen Spazierstock, wie es seine Gewohnheit war, wenn er seine Gemeinde besuchte. Hieran erkannte Pater O'Banion, daß ihr Verhältnis zueinander heute morgen einen offiziellen Charakter hatte. Auf der einen Seite stand der Monsignore, der Vorgesetzte, auf der anderen er selbst, der Untergebene, ein bescheidener und sündiger Priester. Sündig allerdings nur in den Augen des Monsignore, der nicht glauben konnte und wollte, daß sich eine Frau in unschuldiger Absicht unter dem Bette eines Mannes aufhalten mochte.

»O'Banion«, sagte Monsignore majestätisch.

»Guten Morgen, Sir«, erwiderte Pater O'Banion.

»Wir wollen umhergehen, während wir uns unterhalten.«

Die beiden schritten über den gepflasterten Gartenpfad, wobei Pater O'Banion ein gebührendes Schweigen wahrte. Es war in der Tat ein schöner Morgen, und der Garten lag in strahlendem Sonnenschein. Die Drossel sang jetzt laut im Bambushain, und Siu-lan hatte sich klugerweise allen Blicken entzogen.

»Zunächst einmal, O'Banion«, begann Monsignore, »erzählen sie mir nicht solchen Unsinn, daß eine Frau durch Zufall unter ihr Bett geraten ist.«

Pater O'Banion war allmählich in einen Zustand der Verzweiflung geraten. Jetzt aber verwandelte sich diese Verzweiflung in ein heftiges Verlangen, sich zu rechtfertigen. Letzten Endes war er ja unschuldig – es war nicht seine Schuld, daß die Liebe in sein Herz eingedrungen war wie ein verirrtes Lamm in einen eingezäunten Garten. Er hatte nicht nach Liebe getrachtet, sich nicht nach ihr gesehnt. Im Gegenteil, er hatte kein Bedürfnis, jemanden zu lieben außer den üblichen Sündern, die alle Priester auf Grund ihrer Religion lieben müssen, und solche Liebe verzehrte einen Mann gewiß nicht, noch gaukelte sie ihm liebliche Bilder vor. Wie gern würde er Siulans Bild aus seinen Vorstellungen verbannen.

»Jedenfalls lag es nicht an mir, daß sie unter meinem Bett war«, entgegnete er.

Es sollte keine freche Antwort sein, aber Monsignore nahm sofort Anstoß daran. Er schlug mit seinem Spazierstock auf einen Stein. »Warum war sie überhaupt da? Das ist die Frage«, erklärte er. »Daß sie da war, können Sie ja wohl nicht leugnen, wie?«

»Sie war da«, gab Pater O'Banion zu, »aber wie sie schon erwähnte –«

Monsignore unterbrach ihn. »Halten Sie mich bitte nicht für so töricht, daß ich ihren Worten Glauben schenke. Sie hatte unter Ihrem Bett nichts zu suchen, was für Gründe auch mitspielen mochten. Geben Sie das zu?«

»Ja, das gebe ich unumwunden zu. Mir war das ebenso unangenehm wie Ihnen. Offen gestanden, war ich schockiert, als sie unter das Bett – «

»Schockiert!« echote Monsignore höhnisch. »Und warum war sie überhaupt in Ihrem Zimmer?«

Pater O'Banion versuchte zu denken. So groß war seine Verwirrung, daß er sich nicht genau entsinnen konnte, wie Siu-lan in sein Zimmer gekommen war. Er strich sich mit der Hand über die Stirn und starrte Monsignore ausdruckslos an.

»So wahr mir Gott helfe«, antwortete er ratlos. »Sie stand einfach da, als ob sie vom Himmel gefallen sei. Ich kann mich überhaupt nicht mehr daran erinnern, daß die Tür geöffnet wurde. Ich sah auf und – «

Achselzuckend blickte er gen Himmel und machte eine hilflose Gebärde mit den Händen.

Monsignore war angewidert. »Warum sind Sie überhaupt Priester geworden, O'Banion?« fragte er in kaltem Ton. »Möchten Sie nicht lieber nur ein Mann sein? Darauf scheinen Sie doch mehr eingestellt zu sein als auf das Priesteramt!«

»Wenn Sie mich nur anhören wollten«, stöhnte Pater O'Banion.

»Das will ich nicht«, erklärte Monsignore, während er mit seinem Stock die Kieselsteine vom Pfad fegte. »Der Tatbestand ist klar und die Folgerung einfach. Sie sollten Ihre Soutane ausziehen und das Priesteramt niederlegen.«

Pater O'Banion war jetzt völlig verwirrt. Was, seine Soutane ausziehen? Was sollte aus ihm werden? Wie würde es ihm in diesem unruhigen fremden Lande ergehen? Außerdem machte ihm der Priesterberuf Freude. Er wollte nicht nur Mann sein.

Wie Adam im Garten Eden suchte er nun nach einer Entschuldigung, die er Gott vorbringen konnte.

»Offen gestanden, die Frau hat sich an meine Fersen geheftet«, stieß er hervor. »Sie wissen ja, wie das ist, Monsignore. Frauen verlieben sich manchmal in ihre Priester. Sie haben sicher auch diese Erfahrung gemacht, da Sie ein so gutaussehender Mann sind – «

Monsignore bemühte sich, nicht weich zu werden. Dennoch erweckte die Andeutung, daß er anziehend sei, ein gewisses Wohlgefallen in ihm.

»Frauen sind allerdings unberechenbare Wesen«, gab er zu. »Wir müssen sie stets daran erinnern, daß wir nicht mehr als Männer zu betrachten sind. Wir müssen unsere Priesterweihe betonen.«

»Das habe ich getan«, beteuerte Pater O'Banion impulsiv. »Aber sie hat mich nur ausgelacht.«

»Dann hat sie eben die Begierde in Ihnen entdeckt«, entgegnete Monsignore gar scharfsinnig.

»Hätten Sie nie die Begierde aufkeimen lassen, würde sie gewußt haben, daß alles vergeblich war. Ach, Frauen wittern die Begierde in einem Mann!«

»Das ist Ihre Weisheit, Monsignore – nicht meine«, sagte Pater O'Banion.

Er sah auf die gedrungene Gestalt an seiner Seite hinab, und der kleine Mann wandte hastig seinen Blick ab.

»Es ist nicht meine Weisheit – man hat es mir erzählt«, sagte Monsignore, »und ich rate Ihnen, Ihre Anspielungen für sich zu behalten. Sie hätten die Frau gleich fortschicken und ihr nicht gestatten sollen, hierzubleiben.«

»Aber wir brauchen doch eine Köchin«, erinnerte ihn Pater O'Banion. »Sie sagen doch selbst, daß ich in dieser Hinsicht nichts tauge.«

»Das kann man wohl behaupten«, stimmte ihm Monsignore zu.

Pater O'Banion bereitete diese Debatte mit seinem Vorgesetzten allmählich Spaß. Er war demütig gewesen, aber auch nicht zu demütig, und er hatte das unbestimmte Gefühl, daß er in moralischer Beziehung eine schwache Stelle bei Monsignore getroffen hatte. Seine Stimmung hob sich. Gleichzeitig nahm er wahr, daß der Morgen warm und freundlich war und der Löwenzahn auf dem Rasen in voller Blüte stand, da die jätenden Frauen nicht mehr kamen, diese heiteren alten Konvertiten, die es sich zur Aufgabe gemacht hatten, den Rasen des Pfarrhauses in tadellosem Zustand zu halten. Monsignore konnte Löwenzahn nicht ausstehen, aber er, Pater O'Banion, mochte diese leuchtenden Blumen gern. Sie waren jedenfalls hübscher, dachte er, als eine Reihe zerlumpter alter Frauen, die auf Bambusschemeln hockten und Unkraut zupften. Mit zunehmendem Wohlbehagen schärfte sich auch sein Verstand.

»Aber ist es nicht auch möglich, daß Sie meinen Fall nicht ganz klar beurteilen?« fragte er.

»Wieso? Wie meinen Sie das?« erkundigte sich Monsignore mit strenger Miene.

»Wird uns nicht befohlen, die Sünde zu hassen, aber den Sünder zu lieben?« entgegnete Pater O'Banion.

»So steht es zwar in der Schrift«, gab Monsignore zu, »aber man darf es nicht zu seinen eigenen Gunsten auslegen. Alles hängt von dem Gebrauch des Wortes *Liebe* ab. Ein gefährliches Wort, das voller Möglichkeiten steckt! Ob Sie eine Sünderin lieben, weil es Gott gefällt, oder ob Sie sie lieben, weil es Ihnen gefällt, ist ein himmelweiter Unterschied, und ich möchte Ihre Versicherung haben, daß Ihnen dieser Unterschied klar ist.«

»Er ist mir durchaus klar«, erwiderte Pater O'Banion.

Jetzt, da Monsignore in vernünftigem Ton redete, fühlte er sich von Sünde befreit. Schließlich hatte er Siu-lan überhaupt keine Zugeständnisse gemacht. Sie kannte seine Gefühle für sie nicht – er hatte ihr jedenfalls nichts verraten und auch nicht die Absicht, es zu tun.

»Verlassen Sie sich auf mich, Sir«, versicherte er

ernsthaft. »Ich werde die kleine Heidin schon bekehren, und zwar gründlich. Dann wird sie Recht und Unrecht unterscheiden können. Auf diese Weise heilt man sie am schnellsten von ihrer Verliebtheit. Sie wird dann wissen, daß es eine Sünde ist, mich zu lieben.«

Monsignore blieb plötzlich stehen und blickte zu dem großen jungen Priester auf. »Ihre Ausdrucksweise gefällt mir nicht ganz«, sagte er nachdenklich. »Sie sind viel zu heiter. Ich befürchte, Sie werden diese beiden Begriffe – die Sünde hassen und den Sünder lieben – durcheinanderbringen. Es entsteht dabei leicht eine Verwirrung.«

»Ich werde schon nicht den Kopf verlieren«, versprach Pater O'Banion.

Monsignore blickte ihn weiterhin forschend an. »Würde Ihnen eine Beichte nicht gut tun?«

»Ich fühle kein Bedürfnis danach«, erklärte Pater O'Banion zuversichtlich.

»Sie haben immer noch etwas an sich, das mir nicht gefällt«, beharrte Monsignore. »Denken Sie daran, daß Gedanken ebenso sündig sein können wie Handlungen?«

»Ich bin immer noch Herr meiner Gedanken«, versetzte Pater O'Banion. »Aber – «

»Sprechen Sie weiter«, drängte Monsignore, als Pater O'Banion abbrach.

»Aber wie steht's mit den Träumen?« fuhr Pater O'Banion zögernd fort. »Bin ich für meine Träume zu tadeln?«

Monsignore nahm auf der Gartenbank Platz, um

sich das zu überlegen. »Es ist ein Problem«, meinte er sinnend. »Ist der Mensch verantwortlich für seine Gedanken im Schlaf? Ein sehr hübsches Problem.«

Pater O'Banion lächelte plötzlich, während er in den blauen Himmel über der Pfarrhofsmauer blickte. »Meine Träume haben aber ein glückliches Ende, und deshalb ist kein Grund zur Beunruhigung vorhanden.«

Monsignore spitzte seinen kleinen, runden Mund. »Worin besteht dieses glückliche Ende? Hoffentlich nicht darin, daß Sie ein Mädchen unter Ihrem Bett finden.«

Pater O'Banion lachte.

»Jedenfalls war sie nicht *im* Bett, Sir.«

Monsignore versuchte streng zu bleiben. »Ein Glück jedoch, daß ich zur richtigen Zeit hereinkam. Und das ist das einzige Zugeständnis, das ich Ihnen mache, O'Banion! Versuchen Sie nun nicht, mich zu beschwatzen!«

Ihre Blicke begegneten sich, und plötzlich lachten sie alle beide. Was an sündigen Gefühlen in Pater O'Banions Seele noch lauerte, wurde durch dieses Gelächter fortgespült. In Monsignore aber steckte doch mehr von einem Manne, als Pater O'Banion für möglich gehalten hätte. Dieses Wissen stärkte seinen Entschluß, ein Alleinsein mit Siu-lan auf jeden Fall zu vermeiden. Wenn er allein im Zimmer war und sie eintrat, konnte er den Raum ja immer verlassen. Sie mußte eine Lehre daraus ziehen. Für eine Frau wollte er seine Priesterwürde nicht aufs Spiel setzen. Eines Tages würde er auch Monsignore sein. Monsignore O'Banion – das rollte ihm gut von der Zunge, und er weidete sich an dem vollen Klang.

DER SOMMER GING in einen frühen Herbst über, und in der seltsamen Einsamkeit des Hausarrestes vergaßen die beiden Priester den zwischen ihnen bestehenden Unterschied. Pater O'Banion, der den hitzigen kleinen Mann, seinen geistlichen Vorgesetzten, immer gefürchtet hatte, zeigte jetzt meistens eine liebevolle Geduld mit Monsignores Grillen. Auf seine bescheidene, einfache Art erkannte er eine gewisse Vornehmheit in Monsignore Fitzgibbon. Er hatte, zum Beispiel, bis dahin nie gewußt, wieviel Monsignore aufgeben mußte, als er Priester wurde. Pater O'Banion war in einer irischen Hütte aufgewachsen und hatte sich von Kartoffeln und Kohl ernährt mit einem gelegentlichen Stückchen Fleisch für Stew. Aber Monsignore Fitzgibbon war in einem Schloß geboren, das nach englischem Standard vielleicht etwas primitiv, aber immerhin ein Schloß war. Seine Familie besaß Rang und eine stolze Tradition. Sie stammte von irischen Königen ab, und wenn Monsignore in seinem eigenen Lande geblieben wäre, hätte er nach dem Tode seines ältesten Bruders einen Titel erhalten. Achtung vor Monsignore Fitzgibbon und Liebe zu Gott stärkten Pater O'Banions Seele, während die beiden Priester Erinnerungen austauschten. Standhaft hielt er an seinem Entschluß fest. Er betrat niemals die Küche, wenn Siu-lan sich darin aufhielt, und wenn sie ihm die Speisen reichte, so achtete er sorgfältig darauf, daß sich ihre Hände nicht berührten.

Wenn sie dieses Verhalten verletzte, so ließ sie es sich nicht anmerken. Jeden Morgen erschien sie in aller Frühe und blieb den ganzen Tag, bis die Küche nach der Abendmahlzeit aufgeräumt war. An dem ordentlichen, gepflegten Aussehen des Pfarrhauses spürte man sehr bald, daß eine Frau darin nach dem Rechten sah. Das einzige Erinnerungszeichen ihrer Liebe war eine Blume auf dem Tisch neben Pater O'Banions Bett, eine Blume in einer kleinen Vase, die jeden Tag durch eine frische ersetzt wurde. Dies beunruhigte Pater O'Banion jedoch, und er erforschte sein Gewissen, ob er diese Blume zurückweisen solle. Doch war es nicht auch eine Sünde, eine zarte Seele zu verletzen? Er nahm sich vor, die Blume bei Tage nicht zu beachten, da Monsignore sie ja nicht sah, und bei Nacht, da Siu-lan nichts davon merkte, stellte er sie unter den Tisch. Er wollte nicht eingestehen – nicht einmal sich selbst gegenüber – daß ihm die Blume einen Trost bedeutete. Wenn er abends sein einsames Zimmer betrat, stand sie da und gab ihm zu verstehen, daß er nicht allein war.

Seine neue Einstellung zu Monsignore trieb ihn mittlerweile an, sich seinen kirchlichen Pflichten mit größerem Eifer zu widmen. Allerdings wurden in der Kapelle keine Gottesdienste mehr abgehalten seit dem Morgen, als Siu-lan herbeigeeilt war, um sie zu warnen. Getreue Konvertiten hatten sich an jenem Sonntag wie üblich zur Frühmesse versammelt, und Monsignore wollte gerade beginnen, als Siu-lan in die Kapelle kam und den knienden Kommunikanten der Reihe nach ins Ohr flüsterte, daß die Soldaten im Anmarsch seien. Schnell stoben sie auseinander, und im Nu war die Kapelle leer bis auf die beiden fremden Priester. Auch an diese trat sie heran.

»Halten Sie hier keinen Gottesdienst ab«, riet sie ihnen. »Gott ist doch überall, nicht wahr? Dann beten Sie ihn in Ihrem eigenen Hause an, wo Sie sicher sind.«

Mit ihren lieblichen Augen flehte sie Pater O'Banion an. Wie scheu sie war, wie ernst sie sprach, wie tapfer! Er sah plötzlich, wie reizend ihre Mundwinkel waren, und wandte sich resolut von ihr ab.

»Sie hat recht, Monsignore«, sagte er. »Wir dürfen uns nicht vom Feinde überrumpeln lassen. Die Konvertiten dürfen nicht unseretwegen leiden. Wir sind nicht gekommen, um ihnen den Tod zu bringen, sondern das ewige Leben.«

Monsignore war über diese ungewöhnliche Beredsamkeit so erstaunt gewesen, daß er ohne Erwiderung die Kapelle verlassen hatte. Pater O'Banion war ihm gefolgt. Doch zunächst hatte er sich umgeblickt (er konnte einfach nicht anders) und Siu-lan allein beim Altar stehen sehen. Sie hatte gewartet in der Hoffnung, daß er sich nach ihr umwenden würde. Als er es tat, lächelte sie, und er hastete weiter, während sich ihm das Herz im Leibe umdrehte.

Und doch, wer weiß, vielleicht hatte ihm ihre Treue tatsächlich Kraft verliehen, selbst in der Ausübung seiner Pflichten. Denn als in der folgenden Woche Monsignore Fitzgibbon erkrankte, vertrat er ihn, und noch dazu in einem Reisfeld. Die treuen Anhänger hatten wiederum durch Siu-lan ausrichten lassen, daß sie sich bei Sonnenaufgang auf einem Felde versammeln würden. Der Reis stand hoch und würde sie verbergen, wenn sie knieten. Sie flehten die Priester an, sie dort zu treffen, und sagten: »Wir sind jetzt an Gott gewöhnt, seitdem Sie uns gelehrt haben, und ohne Ihn fühlen wir uns einsam. Kommen Sie daher zu uns auf das Reisfeld westlich der Stadt, jenseits des Buddhistentempels.«

»Bei dem großen Stein«, sagte Siu-lan zu Pater O'Banion, »und fürchten Sie sich nicht, denn die Priester im Tempel werden Wache halten. Sie sind der Meinung, daß in solchen Zeiten alle, die an Gott glauben, einander helfen müssen, ganz gleich, aus welchem Lande einer stammt oder welcher Religion er angehört.«

Sie sprach unbeschwert, als ob das, was sie vorbrachte, nichts sei. Die Priester sahen sich an.

»Wenn ihr nicht werdet wie die Kinder . . .« murmelte Monsignore.

»Sie hat die Buddhisten dazu überredet«, meinte Pater O'Banion.

Die beiden erkundigten sich nicht, wie sie solche Dinge zuwege brachte. Sie glaubten an Wunder und akzeptierten Siu-lan als ihren Schutzengel. Es gab Zeiten, wo selbst Monsignore zugab, daß sie eine Ausnahme unter den Frauen war, und er machte Pater O'Banion keine Vorwürfe.

»Nur achten Sie darauf, daß Ihr Herz rein bleibt«, ermahnte er seinen Kollegen. »Wenn Sie an sie denken, erheben Sie Ihre Gedanken sofort bis zur Heiligen Mutter Gottes selbst.«

»Ja, Monsignore«, gelobte Pater O'Banion. Am Abend vorher hatte sie ihnen ein heißes Abendessen von draußen hereingebracht und es irgendwie mit Hilfe des Torwächters, der mit ihr unter einer Decke steckte, über die Mauer geschmuggelt.

Am Sonntagmorgen stellte es sich jedoch heraus, daß Monsignore krank war. Bei dem beherzten Priester machten sich die Wirkungen der Gefangenschaft allmählich bemerkbar. Vor allen Dingen vermißte er seine Pflichten, die Besuche, die er seinen kranken und treuen Gemeindemitgliedern abstattete, das Herumreisen in seinem Ordensgebiet und alles andere, das ihn so viele Jahre lang beschäftigt und befriedigt hatte. Er war nicht mehr jung und konnte das Ende des jetzigen Zustandes nicht mehr absehen. Geduld war nie seine Stärke gewesen, und unwillkürlich ärgerte er sich über das, was er nicht zu ändern vermochte.

»Ich kann nicht aufstehen«, klagte er zornerfüllt, als Pater O'Banion an seine Tür kam.

»Geht es nicht?« fragte Pater O'Banion erstaunt.

»Ich spüre eine große Schwäche in den Beinen, die unbedingt auf eine Darmgeschichte zurückzuführen ist. War das Gericht gestern abend vielleicht nicht ganz einwandfrei?«

»Ich habe nichts davon gemerkt«, erwiderte Pater O'Banion. »Dann habe ich wohl die Ruhr«, stöhnte

Monsignore. »Sie müssen mich auf dem Reisfeld vertreten, obschon ich mich um meiner eigenen Seele willen darauf gefreut habe.«

»Ich habe die Messe noch nie allein abgehalten«, erklärte Pater O'Banion voller Zweifel.

»Dann ist die Zeit gekommen«, erwiderte Monsignore. »Meine Beine tragen mich nicht.«

»Ich kann Sie aber doch nicht hier allein lassen«, meinte Pater O'Banion.

»Ich werde selbst meine Gebete sprechen«, entgegnete Monsignore, »und gewöhnlich werden sie erhört.«

Es war keine Zeit zu verlieren. Siú-lan wartete bereits, um ihn zum Feld zu führen. Doch Monsignore hielt ihn mit einem letzten Wort, einem letzten durchdringenden Blick zurück.

»Sie werden auf diesem Wege mit dem Mädchen allein sein«, sagte er streng.

Pater O'Banion war ganz entrüstet. »Glauben Sie etwa, daß ich mich jetzt mit solchen Gedanken abgeben würde? Auf dem Wege zur Messe?«

Monsignore richtete einen langen, forschenden Blick auf ihn, und was er in den ehrlichen blauen Augen sah, befriedigte ihn. »Verzeihen Sie mir, Peter«, sagte er und wandte sein Gesicht ab.

Peter! Es war das erste Mal seit vielen Jahren, daß Pater O'Banion seinen Taufnamen hörte. Er hatte nicht einmal gewußt, daß Monsignore sich noch an den Namen erinnerte. Die Tränen traten ihm in die Augen. Er kniete nieder und küßte Monsignores kleine, schlaffe Hand, die über die Bettkante hing.

»Ich danke Ihnen, Sir«, murmelte er und eilte von dannen.

Er trat hinaus, wo Siu-lan auf ihn wartete. Sie stand, mit einer grünen Jacke bekleidet, an der Stelle im Bambushain, die sie ihm angegeben hatte, und war in dem trüben Licht der Morgendämmerung kaum zu erkennen. Sie lächelte nicht, als sie ihn sah, sondern legte den Finger an die Lippen und bedeutete ihm mit einer Handbewegung, ihr zu folgen. Er hatte sich schon im stillen gefragt, wie sie wohl an dem Wachtposten am Tor vorbeikämen, aber jetzt erkannte er ihren Plan. Hier im Bambushain sah er verwundert, wie sie sich an einem überhängenden Bambus in die Höhe zog und auf diese Weise den obersten Rand der Mauer erreichte.

»Folgen Sie mir«, murmelte sie und sprang auf die andere Seite hinunter. Er kletterte reichlich schwerfällig an dem Bambus empor und schwang sich ebenfalls über die Mauer. Die Erde eines Gemüsegartens machte ihre Schritte unhörbar.

Er brauchte keine Angst vor ihr zu haben. Jetzt war sie nicht das aufsässige, kokette Geschöpf, das sie anfangs gewesen war. Sie war eine resolute, kühne Frau, die beim Gehen sorgfältig auf alle verdächtigen Geräusche lauschte.

Der Himmel erhellte sich im Osten, als sie schließlich das Reisfeld erreichten. Die Gemeinde kniete schon vor einem großen Stein, auf den jemand mit Kreide die groben Umrisse eines Altars und darüber ein hohes Kreuz gezeichnet hatte. Als die Getreuen ihren Priester sahen, erhoben sie sich in schweigendem Willkommen, und als er durch ihre Reihen zum Altar schritt, knieten sie wieder nieder und ließen flüsternd ihre Rosenkränze durch die Finger gleiten. Mit leiser, feierlicher Stimme sprach Pater O'Banion die Worte des Trostes, während die goldenen Strahlen der aufgehenden Sonne über dem Felsblock in den Himmel schossen.

Auch zeigte er keine nervöse Hast. In voller Würde und mit ernster Ehrerbietung stand er vor dem Altar. Jedes Wort drang klar durch die frische Morgenluft. Hinter ihm knieten die Gläubigen in dem wogenden Reis, der sie verbarg. Immer wieder schlüpfte jemand durch das Feld und gesellte sich zu den anderen, bis eine ziemlich große Gemeinde versammelt war. Nun war er bereit, ihnen das Abendmahl zu geben. Mit gesenktem Haupt sang er dreimal die heiligen Worte: *»Domine, non sum dignus«*, und die Gemeinde antwortete. Er trat unter sie mit hocherhobenen Händen, als ob er den Kelch halte und jedem die symbolische Oblate gebe.

Weit im Hintergrund kniete Siu-lan unter den anderen. Er zögerte, als er zu ihr kam. Dann aber reichte er auch ihr die heiligen Symbole, die, wenn sie auch nicht wirklich waren, doch der Seele Nahrung spendeten.

WER KANN SAGEN, was für eine Vision Siu-lan schaute, als Pater O'Banion ihr das heilige Abendmahl auf dem Reisfeld reichte? Sie hatte es nicht erwartet, denn sie war eigentlich noch keine Kommunikantin. Er hatte sie trotzdem aufgenommen in die Gemeinschaft der Gläubigen seiner Religion. Ihre Liebe vertiefte sich zu Ehrfurcht, wenn sie daran dachte. Und sie dachte ständig daran, während sie an den nächsten Tagen bei der Ausübung ihrer Pflichten ein und aus ging, entweder durch das Tor schlüpfte oder über die Mauer kletterte, um den beiden Priestern zu dienen.

Eines Morgens war sie damit beschäftigt, die Fußböden im Pfarrhaus zu reinigen und die Betten zu machen. Monsignore war wieder aufgestanden, gebrechlich und dünner als vorher, und Pater O'Banion war bei ihm unten im Wohnzimmer. Sie setzte dem Pater nicht mehr nach. Sie verehrte ihn immer noch und machte auch kein Hehl daraus. Aber sie begriff allmählich, daß er mehr als ein Mann war. Als sie nun in seinem Schlafzimmer fegte, Staub wischte und sein Bett machte, schien er ihr sehr nahe zu sein. Hier auf dieses schmale Bett hatte er sich gestern abend niedergelegt. Sein Kopf hatte auf diesem harten Kissen geruht. Sie setzte sich auf die Bettkante und lächelte. Er war auch ein Mann, aber unschuldig und gut. Er liebte sie auch, das wußte sie, aber er liebte sie mit so zarter Reinheit, daß sie ihn nicht fürchtete. Sie betete ihn an. War dies wohl das Gefühl, das die Heilige Jungfrau hatte, als sie ihr Kind allein aus himmlischer Liebe empfing?

Lächelnd streckte sie einem imaginären Pater O'Banion die Hand entgegen und ließ sich in ihrer Phantasie näher an ihn heranziehen. Ihre Augen glühten vor Liebe, ihre Lippen öffneten sich, und sie glaubte ihn zu sich herabsteigen zu sehen, aber in Fleisch und Blut.

So hingerissen war sie von dieser Vision, so außer sich vor Liebe, daß ihr das Blut durch die Adern brauste und das Herz zum Zerspringen klopfte. Sie spürte eine Freude, eine so gehobene Stimmung, wie sie sie nie zuvor gekannt hatte.

War dies nicht eine unbefleckte Empfängnis – sie, eine gänzlich der Liebe ergebene, völlig reine Jungfrau, die auf das Erscheinen eines Gottes wartete? Sie hatte viele Erzählungen über solche heiligen Geschehnisse gehört. Wie konnte man sich auch sonst die Existenz großer Männer erklären? Das Mädchen, das in einem Bache badet und von einem Flußgott entdeckt wird; eine Frau, die in einem Tempel betet, zu der ein Gott ungesehen herabsteigt – dies waren uralte Geschichten, die die Mütter den Töchtern erzählten. Ja, ihre eigene Mutter hatte ihr oft folgende Geschichte erzählt:

»Zur Zeit des tapferen Kaisers Sung-chian lebte ein Mann, der es wunderbar verstand, Krankheiten zu heilen, und seine Geburt trug sich auf folgende Weise zu: Seine Mutter, eine Jungfrau, saß in einem Hain auf dem heiligen Berge Omei und gab sich religiösen Betrachtungen hin, als plötzlich ein hübscher junger Mann vor ihr erschien. Es war ein richtiger Gott, der diese Gestalt angenommen hatte, um sie zu verführen.

›Fürchte dich nicht‹, sprach er, ›denn ich – ‹«

Siu-lan schloß bei dieser Erinnerung die Augen

und wartete lächelnd. Plötzlich wurde sie rauh aus ihren Träumen aufgeschreckt.

»Hier sind Sie also!«

Eine laute Stimme dröhnte in das Zimmer, eine Männerstimme. Sie öffnete die Augen, und das Lächeln verschwand aus ihrem Gesicht. Voller Entsetzen sprang sie auf die Füße. Dies war kein Gott! Hosan stand im Türrahmen, eine Pistole im Gürtel und die Mütze schief auf dem Kopf. Er hatte getrunken. Das Glitzern in seinen schwarzen Augen und seine geröteten Wangen verrieten ihr das.

»Ich wußte, daß Sie hier sind«, schrie er. »Sie und der Priester – «

Ehe sie sich rühren konnte, hatte er sie gepackt und auf das Bett geworfen. Sie spürte seinen heißen, glühenden, nach jungem Reiswein riechenden Atem in ihrem Gesicht. Das Blut wich ihr aus dem Kopf. Es wurde dunkel vor ihren Augen, und sie fühlte sich einer Ohnmacht nahe. Sie versuchte, ihn fortzustoßen, aber es gelang ihr nicht; ihre Arme waren zu schwach. Dann zwang sie sich zu einem Schrei, und er preßte ihr seine Faust auf den Mund.

Der Schrei hallte durch das Pfarrhaus. Er drang bis ins Wohnzimmer, wo Pater O'Banion sein Brevier las, während Monsignore auf der Couch schlief. Pater O'Banion warf sein Buch zur Seite und rannte die Treppe zu seiner Zelle empor. Ein Blick, und er sah, was hier vor sich ging. Er stürzte sich auf Hosan, und die beiden rangen miteinander.

»Lauf!« rief er Siu-lan keuchend zu. »Flieh!«

Ehe sie sich sammeln, ehe sie sich rühren konnte,

rief Ho-san mit lauter Stimme einen Befehl, und im selben Augenblick drängten sich seine Leute ins Zimmer.

»Fesselt den Priester«, keuchte er. »Bindet ihn auf dem Stuhl fest!«

Wie konnte sich Pater O'Banion gegen so viele wehren? Sie schleppten ihn zu dem schweren chinesischen Stuhl, banden ihn mit Lederriemen, die sie von ihren eigenen Waden streiften, daran fest und knebelten ihn mit einem langen Gürtel aus starkem, handgewobenem Stoff.

Ho-san stand grinsend dabei und sah zu, während Siu-lan jetzt wie eine Tote auf dem Bett lag. Sie sah und hörte nichts mehr.

»Nun hinaus mit euch!« befahl Ho-san seinen Leuten. »Ich habe hier eine angenehme Pflicht zu erledigen.«

Sie brüllten vor Lachen und verließen das Zimmer.

Oben in dem kleinen Raum erwachte Siu-lan wie betäubt auf dem zerwühlten Bett. Ho-san war verschwunden. Was war mit ihr geschehen? Sie empfand einen quälenden Schmerz, ihre Kleider waren zerrissen, und sie fühlte sich am ganzen Körper wie zerschlagen. Mühevoll richtete sie sich auf; es war, als müsse sie aus einem tiefen Brunnen emporklimmen. Dann sah sie Pater O'Banion, geknebelt und gefesselt auf dem Stuhl. Der Kopf war ihm auf die

Brust gesunken, und er hatte die Augen so fest geschlossen, daß sein Gesicht zu einer qualvollen Grimasse verzerrt war.

Er flüsterte vor sich hin: »Vater, vergib ihnen – vergib ihnen – vergib ihnen, denn sie wissen nicht – o Vater, warum bin ich bloß Priester geworden? Verdammt nochmal! Vater, vergib mir – ich bin meiner selbst nicht sicher, Heilige Mutter Gottes –«

Siu-lan sprach nicht mit ihm. Mit zitternden Händen brachte sie ihre Kleidung in Ordnung, während sie ihm den Rücken kehrte. Sie wischte sich mit den Ärmeln die Tränen aus den Augen und wartete einen Augenblick, um Mut zu fassen. Dann wandte sie sich mit purpurrotem Gesicht um, während ihr die Tränen von neuem aus den Augen schossen und löste mit niedergeschlagenen Augen die Fesseln des Priesters. Jetzt war sie bleich und traurig, aber er blickte sie nicht an. Als er frei war, stand er nicht auf. Mit gesenktem Kopf und zusammengepreßten Lippen starrte er zu Boden, als sei sie nicht da. Sie blickte ihn an. Dann sank sie plötzlich auf die Knie und lehnte den Kopf an seinen Schenkel.

»Erteilen Sie mir Absolution«, flehte sie schluchzend. »Waschen Sie mich von der Sünde rein.«

»Du hast nicht gesündigt«, murmelte er.

Er rührte sie nicht an. Er war wie gelähmt.

Und sie schluchzte und schluchzte, als könne sie nie mehr aufhören.

»Ich wartete auf einen Gott«, stieß sie hervor. »Und ich dachte – ich dachte –«

So naiv er auch war, Pater O'Banion verstand sie.

Er hob seine Hand und legte sie ihr auf den Kopf. Unter seinen Fingern spürte er das dunkle, wirre Haar und betete um Kraft und Weisheit.

»Gott verzeiht uns allen«, sagte er sanft. »Geh jetzt nach Hause zu deiner Mutter, mein Kind.«

Damit erhob er sich und führte sie zur Tür.

»SIE GEBEN SICH mit Frauen ab«, erklärte Ho-san.

Es war Mitternacht. Pater O'Banion und Monsignore Fitzgibbon saßen nebeneinander auf zwei hölzernen Schemeln im Hauptquartier der Roten Armee. Seit zwölf Uhr mittags waren sie schon hier. Vor zwölf Stunden waren Soldaten in den Garten und das Pfarrhaus gestürmt. Pater O'Banion, der gerade neben dem auf der Wohnzimmercouch liegenden Monsignore auf den Knien lag, hatte erschreckt zu den jungen Männern aufgeblickt, die sich durch die Tür drängten.

»Sie befinden sich von jetzt ab in Gefängnishaft«, erklärte ein großmäuliger Feldwebel ohne Umschweife.

»Aber mein Vorgesetzter fühlt sich nicht wohl«, wandte Pater O'Banion ein. »Außerdem ist er zu alt, um ins Gefängnis zu gehen – und er schläft.«

»Den werden wir schon bald wachkriegen«, höhnte der Feldwebel.

Monsignore Fitzgibbon war allerdings sehr rasch wieder ins Bewußtsein zurückgekehrt. Sie hatten ihn mit Gewalt auf die Beine gebracht und ihm die

Hände zusammengebunden. Pater O'Banion war ebenfalls gefesselt worden. Nun hatten die beiden immer noch gefesselten Priester Stunde um Stunde in dem kahlen, eisigen Raum gesessen, in dem nur ein Holzkohlenfeuer in einem Becken brannte. Durch die vorhanglosen Fenster sah Pater O'Banion, wie der kalte, winterliche Regen in einem dikken weißen Nebel niederrieselte, und sie hatten nicht einmal ihre gefütterten Wintersoutanen an.

Besorgt blickte er zu Monsignore hinüber und sah, daß dieser vor Kälte zitterte.

»Ho-san«, wandte er sich an den jungen Offizier, »sehen Sie sich Ihren alten Lehrer an. Haben Sie neben den Lehren unseres Herrn auch die guten Lehren des Konfuzius vergessen? Gebietet Ihnen Konfuzius nicht, Ihren Lehrer wie einen Vater zu betrachten?«

Ho-san zog seine hübschen Lippen verächtlich herab. »Ich kenne Konfuzius nicht und habe keinen Herrn, wie Sie ihn nennen.«

»Du kennst sie alle beide«, warf Monsignore ein, »aber du verleugnest sie.«

Seine gewöhnlich volltönende, ja gebieterische Stimme klang schwach. Pater O'Banion hatte Hosan vorher schon dringend gebeten, dem alten Mann die Inquisition zu ersparen. Statt dessen hatte Hosan, der hinter seinem Schreibtisch thronte, wohl hundertmal in den Stunden, die sie hier verbracht hatten, ihnen diese ungeheuerliche Anschuldigung ins Gesicht geschleudert.

»Ho-san, ich bitte Sie, lassen Sie jemanden Monsignore eine Schale heißen Tee an die Lippen halten«, flehte er.

Als Ho-san ihn daraufhin nur wütend anstarrte, versuchte es Pater O'Banion mit einer List.

»Er wird Ihnen unter den Händen sterben, noch ehe Sie mit der Tortur zu Ende sind, und was haben Sie dann davon? Es ist dasselbe, als ob Sie einen Fisch gefangen hätten und dann feststellten, daß er tot ist.«

Ho-san runzelte bei diesen Worten finster die Stirn. Kaltschnäuzig gab er einen Befehl, woraufhin ein Soldat aus der auf dem Tisch stehenden Teekanne eine Schale eingoß und sie Monsignore an den Mund hielt. Der alte Mann leerte sie mühsam.

Ho-san erhob sich und ging währenddessen auf und ab. Plötzlich blieb er wieder vor ihnen stehen und fuchtelte mit dem Zeigefinger vor ihrer Nase herum.

»Sie beide! Bekennen Sie, daß Sie Spione sind!«

»Wir sind keine Spione«, erwiderte Monsignore zornig. Wie üblich, durch Gefahr, Mißgeschick und einen Schluck Tee gestärkt, war er wieder obenauf. Seine kleinen blauen Augen hatten wieder einen fast lebhaften Glanz.

Hinter den beiden Priestern standen sechs Soldaten mit gezücktem Bajonett.

»Stechen Sie diesen Priester«, befahl er.

Monsignore fühlte die scharfe Spitze eines Bajonetts durch seine Soutane hindurch. Er zuckte zusammen und schloß die Augen. Ein kleines Rinnsal von Blut floß ihm den Rücken hinunter. Der Raum war kalt, und er spürte die Wärme des Blutes auf seinem eisigen Fleisch.

»Sie Mörder!« rief Pater O'Banion. Die Kraft, die Monsignore für eine kurze Weile gespürt hatte, verebbte wieder, und der Kopf sank ihm auf die Brust.

»Ich bin – reichlich alt für solche Manöver, Peter«, murmelte er undeutlich.

Pater O'Banion lehnte sich zu ihm hinüber, um ihn besser verstehen zu können, wobei ihm die Riemen scharf ins Fleisch schnitten.

»Lassen Sie sich nicht unterkriegen, verehrter Monsignore«, flüsterte er. »Sie sind so tapfer gewesen und haben mir Mut eingeflößt. Unter uns gesagt, wird der liebe Gott sich etwas ausdenken müssen, um uns zu retten. Nicht meinetwegen, aber es ist nicht sehr wahrscheinlich, daß Er Ihre jahrelangen treuen Dienste vergißt.«

Bei diesen Worten hob Monsignore den Kopf und erwiderte mit einem Anflug seiner früheren Heftigkeit: »Wie Sie sich ja wohl erinnern, hatte Er meine sichere Rückkehr nach Irland geplant – und Sie haben das alles verdorben, weil Sie einen Tag zu spät erschienen.«

»Ich hoffte, Sie hätten mir das verziehen«, sagte Pater O'Banion demütig.

Ho-san mischte sich ein, ehe Monsignore etwas darauf erwidern konnte. »Die Unterhaltung in einer fremden Sprache ist nicht gestattet«, schrie er.

Pater O'Banion fühlte die Spitze eines Bajonetts in seinem eigenen Rücken. »Gott stehe mir bei, ich blute«, murmelte er. »Sie auch, lieber Monsignore?«

»Allerdings«, sagte Monsignore.

»Kostbar ist das Blut der Heiligen«, flüsterte Pater O'Banion.

Sie versanken in Schweigen. Ho-san ging wieder im Zimmer auf und ab; es war ein kahler Raum, der nur einen Schreibtisch mit einem Holzstuhl dahinter und die zwei Schemel, auf denen die Priester saßen, enthielt. An einer der weißgetünchten Wände hing ein Plakat in grellen Farben, das ein mit toten Soldaten des Westens bestreutes Schlachtfeld zeigte mit der Unterschrift KOREA.

Ho-san blieb davor stehen und warf ihnen mit finster gerunzelter Stirn einen Tigerblick zu.

»Sie beiden Priester«, bellte er. »Sie haben es sich selbst zuzuschreiben, wenn Sie leiden! Ich bin nicht daran schuld. Nur Sie allein. Gestehen Sie die Wahrheit – daß Sie Spione sind. Gestehen Sie es, dann sind Sie frei, und ich werde Sie in Ihr eigenes Land zurückschicken.«

Monsignore setzte sich aufrecht hin und lehnte sich gegen die Wand, um zu verhindern, daß das Blut seinen Rücken hinabrieselte. Er wich Ho-sans Blick nicht aus.

»Einst hielt ich dich für meinen glänzendsten Zögling, Ho-san. Wie ich sehe, habe ich mich geirrt. Hast du mich je bei einer Lüge ertappt? Habe ich bei dir jemals eine Lüge durchgehen lassen? Erinnerst du dich noch daran, als du die Pfirsiche grün von dem Baum aßest, der an der südlichen Mauer des

Pfarrgartens stand, und behauptetest, es sei der Sohn des Torwächters gewesen? Ich hatte dich jedoch vom Fenster meines Studierzimmers aus beobachtet und habe dich dann mit einer kleinen Gerte vom selben Baum gezüchtigt, um dir das Lügen abzugewöhnen. Hast du das ganz vergessen?«

»Ja«, brüllte Ho-san, »ich habe alles vergessen – auch Sie –, ich kann mich nicht einmal mehr an Ihren Namen erinnern.«

»Dann will ich dir eins sagen«, erklärte Monsignore. »Und das merke dir gefälligst. Du kannst uns nicht zu Lügnern machen. Du bist dumm, wenn du dir das einbildest.«

Ho-san ging mit langen Schritten zum Schreibtisch und setzte sich hin. Er schlug mit der Hand auf ein Stück Papier, das auf dem Tische lag. »Dies enthält keine Lüge! Hier sind die nackten Tatsachen, die uns von hohen Stabsoffizieren zugesandt worden sind und unter die Mao Tse-tung sein Siegel gesetzt hat. ›Alle Priester sind amerikanische Spione und Spione für den Papst.‹ So steht es hier geschrieben – in einem amtlichen Bericht. Ferner – «

Monsignore unterbrach ihn. »Ich habe dich jahrelang unterwiesen. Habe ich dich jemals gebeten, etwas für mich auszuspionieren? Habe ich dich ausgefragt, selbst als ich wußte, daß du dich nachts nach der Abendmesse heimlich aus dem Hause schlichest, nachdem du mir gute Nacht gewünscht hattest, als ob du auf dein Zimmer gehen wolltest?«

»Das hätten Sie später getan«, entgegnete Ho-san. »Wenn mir nicht ein Licht aufgegangen wäre, hätten

Sie mich das letzte Gelübde ablegen lassen, und dann wäre ich in Ihrer Macht gewesen. Das war doch Ihre Absicht – Sie wollten mich zu einem von Ihrer Sorte machen... Können Sie Ihre Schuld ableugnen?«

Monsignore erwiderte in seinem besten Chinesisch: »Du weißt sehr wohl, daß du lügst, und nicht ich. Ich kenne deine Gedanken, Ho-san. Ich kenne dich. Mich kannst du nicht täuschen. Höchstens dich selbst. Aus was für einem Grunde, weiß ich nicht. Vielleicht aus Furcht. Du magst falsch sein, aber du kannst mich nicht falsch machen, denn ich fürchte mich weder vor dir noch vor anderen.«

Ho-san war vor Wut blau im Gesicht. Er versuchte zu sprechen, brachte aber keinen Ton hervor, so zornig war er. Schaum stand ihm auf den Lippen. Pater O'Banion rutschte ganz unglücklich auf seinem Schemel hin und her. »Wir wollen freundlich und höflich miteinander sein«, schlug er vor. »Mit Zorn kommen wir nicht weiter.«

Ho-san wischte sich mit dem Handrücken den Mund ab. Dann goß er sich ein Schälchen Tee ein und trank ein paar Schlucke. Jetzt konnte er wieder sprechen.

»Ich habe versucht, freundlich zu sein«, sagte er arrogant. »Ich bin höflich von Natur aus. Sie dagegen, Sie fremde Priester, benehmen sich wie Wilde. Man hat uns geboten, Ihre Kirche mit Respekt zu behandeln. So lautet der Befehl der Sowjets. Aber wie können wir eine Organisation respektieren, die aus solchen Männern besteht?«

Mit gespitzten Lippen wandte er sich an Pater O'Banion. »Sie wissen ja, was Sie in Ihrer Zelle gemacht haben. Ich hörte die Frau schreien, als ich mit meinem Tagesbericht gerade auf dem Wege zum Tor war. Da blieb ich stehen. Sie schrie nochmals, und da habe ich die Tür eingeschlagen. Dort in Ihrer Zelle hatten Sie die Frau auf Ihr Bett geworfen. Sie – «

Pater O'Banion war außer sich vor Entsetzen. Jammervoll sah er zu Monsignore hinüber. Würde sein Vorgesetzter diese ungeheuerliche Geschichte glauben? Würde sein alter Verdacht wie ein böser Traum, ein Alpdruck zurückkehren und sie in dieser fürchterlichen Stunde trennen?

Monsignore riß sich zusammen und stemmte sich gegen die Stricke, mit denen man ihm die Arme an die Seiten gefesselt hatte. »Ha! Das ist ein Witz! Lügen scheinen keine Grenzen zu kennen. Ha – ha – ha – « und brach in heiseres Gelächter aus.

Pater O'Banion traten die Tränen in die Augen. »Gott segne Sie! Sie sind ein treuer Freund«, flüsterte er.

Ho-san war wie gelähmt vor Zorn. Die Augen traten ihm aus dem Kopf, und er befahl: »Bringen Sie diese verfluchten Priester ins Gefängnis, wohin sie gehören! Sie hätten schon längst darin sein müssen. Ich bin zu freundlich gewesen!«

Er drehte ihnen den Rücken zu, und die Soldaten trieben die beiden Priester aus dem Zimmer. Dieser Tag war zu Ende, aber ein anderer stand ihnen bevor.

Pater O'Banion blickte besorgt zu Monsignore Fitzgibbon hinüber. Wie lange noch konnte dieser alternde Priester eine solche Tortur aushalten? Die Strickfolter –

Monsignores Augen waren geschlossen. Sein Gesicht, zuerst purpurrot, war jetzt gelblich-blaß und geschwollen. Seine Hände waren infolge der Blutstockung aufgedunsen.

Pater O'Banion rief ihm mit leiser Stimme zu: »Können Sie mich verstehen, lieber Monsignore? Hören Sie mich?«

Monsignore nickte. Sein festgeschlossener Mund öffnete sich plötzlich und stieß laut den angehaltenen Atem aus.

»Ich – kann nicht beten«, murmelte er.

»Dann werde ich für uns beide beten«, versicherte ihm Pater O'Banion und begann im Flüsterton: »Heilige Mutter Gottes – «

Die Strickfolter! Sie hatten alle davon gehört. Die Konvertiten hatten davon berichtet. Männer starben unter der Qual. Als sie diese Folterkammer vor zwei Stunden betreten hatten, wußte er gleich, was geschehen würde.

»Blähen Sie sich auf«, hatte er Monsignore zugeflüstert. »Sobald man Sie gefesselt hat, machen Sie sich wieder dünn, und dann schneiden die Stricke nicht so sehr ein. Kämpfen Sie nicht dagegen an – «

Monsignore hatte nichts darauf erwidert. Zweifellos hatte er es nicht gehört oder nicht verstanden, denn er focht ebenso tapfer wie töricht gegen seine Peiniger.

Ho-san überwachte jeden Augenblick, jeden Schritt. Er gab seinem Adjutanten kurze Befehle, der sie an die Wachtposten weiterleitete.

»Fest«, sagte Ho-san. »Fester – fester!«

»Fest«, echote Chung Ren. »Fester – fester!«

»Mörder!« schrie Pater O'Banion in gräßlicher Qual. »Wenn Sie uns schon töten wollen, warum erschießen Sie uns nicht einfach?«

Ho-san grinste. »Das wäre unfreundlich. Man hat uns befohlen, immer freundlich zu sein. Je härter ich bin, desto schneller wird es vorüber sein. Binden Sie den Strick zusammen! Um den Hals! Die Enden hochziehen!«

Die Männer führten sofort alle Befehle aus, bis die beiden Priester schließlich gebunden waren wie Hühner, die in den Brattopf sollen. Die Männer hatten ihnen die Schlinge über den Kopf geworfen und sie auf dem Rücken verknotet. Ein Ende des Strikkes war fest um jeden Oberarm gewunden. Die Ellbogen waren so zusammengezogen, daß sie sich auf dem Rücken berührten. Monsignore hatte besonders heftige Schmerzen auszustehen. In den letzten Wochen hatte er seinen priesterlichen Schmerbauch eingebüßt. Das Fleisch war ihm von den Knochen gefallen, so daß er fast ein Skelett war. Der Schweiß lief ihm über die bleichen Wangen und durchnäßte seine Soutane. Seine aufgelaufenen Hände hingen hilflos an seinen geschwollenen Armen.

»Wehren Sie sich nicht«, flüsterte ihm Pater O'Banion zu.

Wiederum hörte oder verstand Monsignore nicht.

Er wand und drehte sich, und jede Bewegung zog ihm die Schlinge erstickend fest um den Hals. Die Zunge hing ihm aus dem Munde wie bei einem durstigen Hund. Seine Lippen wurden schwarz, und sein Kopf fiel auf die Brust hinab.

»Ich bin – dem Ende – nahe«, keuchte er.

»Ho-san!« rief Pater O'Banion. »Lockern Sie den Strick um seinen Hals. Wenn er stirbt, tragen Sie die Verantwortung.«

»Ich trage überhaupt keine Verantwortung«, sagte Ho-san mürrisch. »Er hat es sich selbst zuzuschreiben.«

»Er wird seinen Verstand verlieren«, sagte Pater O'Banion halb schluchzend. Er selbst stand Höllenqualen aus, aber irgendwie mußte er sie ertragen. »Und was wird das beweisen, Ho-san?«

Ho-san gab Chung Ren einen Wink. »Geben Sie ihnen die Pillen. Die Pillen, die ihnen die Zunge lösen ...«

Chung öffnete eine Flasche, nahm zwei Pillen heraus und schob sie Pater O'Banion zwischen die Lippen. Dieser wandte den Kopf und rang nach Atem.

»Was für Irrlehren – sind – dies, Ho-san?« fragte er qualvoll. »Man hat Sie – man hat Sie – Barmherzigkeit – und – und – Güte gelehrt. Können Sie – können Sie – noch Achtung vor sich selbst haben? Wenn Ihre – Vorgesetzten Ihnen befehlen, solche – bösen Taten – zu verrichten, können Sie – da noch – Respekt vor ihnen haben? Gott – sei Ihnen – gnädig, Ho-san.«

»Gottes Gnade – hat auch ihre Grenzen«, stöhnte Monsignore. »Selbst – Gottes Gnade – «

»Sagen Sie das nicht, Sir«, bat Pater O'Banion. »Wenn Gottes Gnade ihre Grenzen hat, besteht – keine Hoffnung für die Menschheit.« Er schloß die Augen und begann zu beten. »Vater im Himmel, vergib diesem Jüngling – deinem Kinde Ho-san. Vergib – den Männern, die er führt. Lieber Heiland – ich versichere dir – sie wissen nicht, was sie tun. Denke daran, wie es mit dir war, lieber Jesus – im Garten Gethsemane.«

»Sie wissen es – diese Teufel – sie wissen, was sie tun«, murmelte Monsignore.

»Sie wissen es nicht«, erwiderte Pater O'Banion. »Wenn sie es wüßten, könnten sie es nicht tun. Sie sind ja Menschen und keine Teufel.«

»Sie waren immer – weich«, flüsterte Monsignore.

»Bitte nicht, Sir, nicht weich«, erwiderte Pater O'Banion. »Es ist nur – meine Hoffnung, daß allen Menschen vergeben werde – und letzten Endes mir auch.«

Chung Ren unterbrach sie.

»Ziehen Sie die Stricke fester«, befahl er den Soldaten. »Sie können immer noch schwatzen.«

Zwei Soldaten traten vor, um diesen Befehl auszuführen. Aber Ho-san bekam plötzlich einen Wutanfall.

»Chung Ren!« brüllte er. »Wie können Sie sich unterstehen, hier Befehle zu geben. Die erteile ich – ich allein!«

Chung Ren trat erstaunt zurück. »Wünschen Sie nicht, daß die Stricke fester gezogen werden?« fragte er.

Ho-san schwieg einen Augenblick. Dann schlug er die Augen nieder.

»Nein«, sagte er. »Sie sind fest genug.«

Einen Augenblick saß er in Gedanken versunken. Dann trommelte er mit den Fäusten auf den Tisch.

»Binden Sie die Priester los«, befahl er, »und führen Sie die beiden zurück ins Gefängnis.«

Die Stricke wurden gelöst, und die Priester waren frei. Aber sie konnten nicht stehen. Monsignore sank zu Boden, und Pater O'Banion lehnte sich mit geschlossenen Augen an die Wand. Er atmete schwer; seine Knochen waren wie zermalmt, und seine Haut war wundgescheuert. Einen Augenblick verharrte er in dieser Stellung, dann zwang er sich, an Monsignore zu denken, und öffnete die Augen.

Neben ihm auf dem Steinboden lag Monsignore zusammengekrumpelt wie eine zerbrochene Puppe, und Pater O'Banion beugte sich nieder, um ihn aufzuheben – eine leichte Bürde und doch mehr, als er zu tragen vermochte. Er taumelte und wäre gefallen, wenn Ho-san ihn nicht aufgefangen hätte.

»Tragen Sie den alten Priester!« befahl er einem Soldaten.

Der Soldat, ein braungebrannter Bursche vom Land, hob Monsignore wie eine Feder auf und folgte Ho-san zum Gefängnis. Pater O'Banion kam als letzter. Vor der Tür zu Monsignores Zelle wandte er sich an Ho-san: »Um Himmels willen, lassen Sie mich bei ihm bleiben, Ho-san.«

Ho-san zauderte erst, dann aber nickte er, und sie gingen in die Zelle. Der Soldat legte Monsignore auf das Bambusbett, und Pater O'Banion kniete neben ihm nieder. Einen Augenblick später hörte er, wie der schwere Riegel vorgeschoben wurde. Sie waren wieder Gefangene.

DIE GANZE NACHT hindurch blieb Pater O'Banion am Lager des alten Priesters, den er in Demut lieben gelernt hatte. Er betete häufig, aber in ziemlicher Bedrängnis, weil er keinen Rosenkranz hatte. Ein junger Soldat hatte ihn von seinem Halse gerissen und ihn wie eine Kette um den staubigen Kopf gelegt. Dieser Anblick tat Pater O'Banion in der Seele weh, weil seine Mutter ihm diesen Rosenkranz zum Abschied geschenkt hatte, und er fehlte ihm besonders, weil er sich bei seinen Gebeten daran orientierte; er hatte das Gefühl, daß ohne ihn seine Gebete lose in der Luft umherflatterten, und war nicht ganz sicher, ob sie Gott überhaupt erreichten. Als er nun so auf dem feuchten Erdboden der Zelle neben den drei nackten Brettern kniete, die Monsignores Bett bildeten, war er darauf angewiesen, seine Finger als Rosenkranz zu benutzen.

Monsignore, der inzwischen das Bewußtsein halb wiedererlangt hatte, beobachtete dieses Fingerzählen und erholte sich genügend, um sich darüber zu ärgern.

»Demnächst werden Sie noch Ihren Daumen lutschen. Was zählen Sie da eigentlich an Ihren beiden Händen? Fehlt Ihnen etwa ein Finger?«

Pater O'Banion war selig, als er endlich wieder den gereizten Ton in Monsignores Stimme wahrnahm.

»Gott steh uns bei«, rief er aus und sprang auf die Füße. »Ich dachte schon, Sie seien tot.«

»Keineswegs«, sagte Monsignore. »In einer Minute werde ich mich aufrichten.«

Die Minute zog sich jedoch sehr in die Länge, und Pater O'Banion wartete, während er mit ängstlicher Besorgnis in Monsignores hageres Gesicht blickte.

»Ich habe es mir anders überlegt«, flüsterte dieser schließlich. »Mit dem Aufrichten werde ich bis morgen warten.«

Seine Stimme erstarb, und dann murmelte er etwas, das Pater O'Banion nicht verstehen konnte. Deshalb kniete der Pater an seinem Bett nieder.

»Sagen Sie es noch einmal, lieber Monsignore. Ich habe es nicht verstanden. Mein Gehör ist wohl nicht mehr so gut wie früher.«

Er hielt sein Ohr dicht an Monsignores Lippen, und dann hörte er es, ein Gemurmel, eine sehnsuchtsvolle Bitte –

»Erzählen Sie mir etwas von Irland – «

Pater O'Banion lehnte sich erstaunt zurück. Von Irland! Nicht vom Himmel? In diesem Augenblick schlug Monsignore die Augen auf und betrachtete Pater O'Banion. Er lächelte ein wenig – ein trauriges, geisterhaftes Lächeln wie das Grinsen eines Skeletts.

»Erzählen Sie mir von der Grafschaft Wicklow. Ich war als Junge dort, bevor ich nach Dublin geschickt wurde.

»Nun ja – « Pater O'Banion räusperte sich. »Die Sache liegt so, Sir: ich habe nie die Schloßbewohner gekannt, und ich weiß nicht, was Sie sahen. Mein Vater und meine Mutter lebten auf einer winzigen Farm in einem mit Rasenstücken umgebenen Haus. Wir hatten ein Schwein, ein paar Hühner und eine Kuh; Heu für die Kuh und Kartoffeln für uns selbst. Ein ärmliches Dasein sozusagen, aber in meiner Erinnerung ein glückliches ... Nach vollbrachtem Tagewerk lief ich barfuß über die dunklen Hügel, um in einem Bergsee zu schwimmen – das Wasser war so kalt, daß es selbst die Knochen reinzuwaschen schien. Und die Strahlen der untergehenden Sonne fluteten in die Täler, und dann erschienen die Sterne, größer als sonstwo auf der Welt. Wenn ich nach Hause kam, verzehrte ich meine Schale mit Brot und Milch, kletterte auf den Heuboden über der Küche und suchte mir einen Platz zwischen meinen Brüdern, die auf herrlich duftendem Stroh lagen ...«

Er hielt inne. Dann lachte er plötzlich und fuhr fort: »Und irgendwann in der Nacht, so sicher wie das Amen in der Kirche, quiekte das Schwein vor der Tür, weil es ihm zu kalt war. Mein Vater pflegte dann aufzustehen, um die Kreatur ins Haus zu lassen. Doch meine Mutter schalt und erklärte, sie wolle kein Schwein im Hause haben. Aber mein Vater redete ihr gut zu: ›Annie, meine Gute, es ist nur ein kleines Vieh, das eines Tages gegessen werden muß; gönne ihm doch etwas Freude und Behagen, solange es noch lebt – ‹«

Irgendwann im Laufe dieser Erzählung schlief Monsignore ein, und Pater O'Banion streckte sich ebenfalls zum Schlafen auf dem Boden aus.

Sie hatten keine Uhr. Der Tag war da, wenn ein kleiner viereckiger Sonnenfleck auf der westlichen Wand der Zelle erschien, und die Nacht kam mit der Dunkelheit. Monsignores goldene Uhr, ein Erbstück von seinem Urgroßvater, war im Gürtel eines Soldaten verborgen, und die silberne Armbanduhr, die Pater O'Banion von seiner Familie als Abschiedsgeschenk bekommen hatte, zierte das Handgelenk eines Jünglings, der weder lesen noch schreiben konnte und nicht wußte, was die Ziffern bedeuteten.

Monsignore schlief die meiste Zeit, aber Pater O'Banion konnte nicht soviel schlafen, vor allen Dingen, weil er hungrig war. Sein großer Körper brauchte viel Nahrung und gute Nahrung, und die Gefängniskost bestand aus zwei Schalen dünner Reissuppe am Tag. Er betete fast ständig, um seine Gedanken von seinem Magen abzulenken. Es war schwer, sehr schwer, denn wenn er an gutes Essen dachte, dachte er auch an Siu-lan, und er versuchte ja vor allen Dingen, nicht an sie zu denken. Aber er war immerhin auch ein Mensch, so sehr er sich auch bemühte, ein Heiliger zu sein, und der letzte Anblick von ihr hatte ihm beinahe das Herz gebrochen. Ihr tränenüberströmtes, liebliches kleines Gesicht, das vor Schmerz zuckte und ganz tragisch dreinblickte, lebte in seiner Vorstellung, und er konnte nichts tun, um ihr zu helfen. Wo mochte sie jetzt wohl sein? Nicht einmal das wußte er, denn Ho-san hatte ihn sofort abgeführt. »Gehe zu deiner Mutter«, hatte er ihr gesagt. Aber war es ihr möglich gewesen zu entrinnen?

Es war eine Qual, daß er seine eigenen Fragen nicht beantworten konnte, eine schlimmere Qual, als Ho-san sie ersinnen konnte; denn es war eine geistige und seelische Qual, und er konnte ihr nicht entrinnen, sondern mußte sie als Sündenlast mit sich herumschleppen. Ja, es war eine Sünde für ihn, an sie zu denken, und er konnte Gott nicht täuschen, nicht einmal sich selbst, wenn er es als priesterliche Sorge hinstellte. Auch konnte er bei Monsignore keine Beichte ablegen, denn er wußte nicht, wie er etwas bereuen sollte, das ein Teil seiner selbst war.

Nacht und Tag folgten einander in einer anscheinend endlosen Runde, und dann wurden sie eines Morgens wieder ins Hauptquartier beordert. Als Pater O'Banion und Monsignore den kahlen, strengen Raum betraten, sahen sie hinter dem viereckigen chinesischen Schreibtisch nicht Ho-san, sondern Chung Ren. Pater O'Banion war darüber sehr bestürzt. Dieser junge Mann besaß keinen Funken Barmherzigkeit. Grausamkeit sprach aus seinen engherzigen Zügen und den schmalen Lippen seines hart zusammengepreßten Mundes. Chung Ren hatte von Kindesbeinen an keine Güte erfahren, noch war er im Guten unterwiesen worden. Er war der Sohn eines Bettlers, an Hunger und Stehlen gewöhnt, und hatte seinen jetzigen Posten durch List und Schläue erlangt. Monsignore kannte ihn gut. Mehr als einmal hatte er versucht, den Jungen zu retten. Aber jeder Versuch war mißlungen. Chung Ren hatte immer wieder das wilde Straßenleben bevorzugt, obwohl Monsignore ihn von Zeit zu Zeit mit ins Pfarrhaus genommen hatte, um ihm ein heißes Mahl, ein Bad und saubere Kleidung zu geben. Manchmal war er auch tagelang bei Monsignore geblieben. Sobald aber eine Aufgabe, eine kleine tägliche Pflicht vorgeschlagen wurde, war der Junge sofort verschwunden.

»Wo ist Ho-san?« fragte Pater O'Banion.

»Er ist krank«, erwiderte Chung Ren mit kalter Stimme, ohne von dem Bericht aufzusehen, an dem er gerade schrieb.

Die beiden Priester setzten sich auf die Schemel, und die Soldaten stellten sich mit gezückten Bajonetten hinter sie. Chung Ren schien ihre Anwesenheit vergessen zu haben und schrieb weiter. Als er fertig war, legte er seine Feder hin und las den Bericht durch. Lächelnd faltete er den Bogen, steckte ihn in einen Umschlag und übergab diesen einem Soldaten.

»Bringen Sie dies zum General ins Hauptquartier«, befahl er.

Sobald der Mann fort war, blickte er die Priester mit strenger Miene an. Wie üblich, konnte Monsignore seinen rebellischen Geist nicht zügeln, besonders da die Tage der Ruhe seine alte Energie wieder etwas geweckt hatten.

»Es freut mich, zu hören, daß Ho-san krank ist«, sagte er eigensinnig. »Hoffentlich hat er zu leiden, bis er bereut . . . Ist es etwas Ernstes? Hoffen wir es. Nur etwas Ernstes kann ihn wieder zu Vernunft bringen. Die Möglichkeit stimmt mich heiter – die erste heitere Nachricht, die ich gehört habe, seitdem wir hierhergebracht wurden.«

Chung Ren brachte ein dünnes Lächeln hervor. »Ja, es ist ernst. Er hat versucht, es vor uns zu verbergen . . . Seine Lunge ist krank . . . Gestern abend hat er einen Blutsturz gehabt. Es läßt sich nicht länger verheimlichen.«

Pater O'Banion hörte sich dies mit Besorgnis an. »Ich möchte ihn besuchen«, sagte er.

»Zu welchem Zweck?« höhnte Chung Ren. »Sind Sie etwa jetzt noch in der Lage, für jemanden etwas zu tun?«

»Wenn ich mich selbst davon überzeugen könnte, wie es ihm geht«, drängte Pater O'Banion, »fände ich vielleicht einen Weg, um ihm zu helfen.«

In diesem Augenblick öffnete sich die Tür, und ein Junge kam herein, einer dieser Burschen, die der Roten Armee als Neulinge und Helfer folgen. Er trug eine alte Uniform aus verschossener blauer Baumwolle, die geflickt und zu groß für ihn war, ihn aber mit tiefem Stolz erfüllte. Er gab Chung Ren einen schneidigen Gruß.

»Großer Mann«, sagte er, »ich bin von Oberst Ho-san hierhergeschickt. Er bittet die fremden Priester, zu ihm in sein Zimmer zu kommen.«

Pater O'Banion warf Monsignore einen triumphierenden Blick zu.

»Gottes Wege – « flüsterte er.

»Was sagen Sie da?« verlangte Chung Ren zu wissen.

»Sie sprechen nicht Englisch?« fragte Monsignore, der sehr wohl wußte, daß ihm die Sprache unbekannt war.

»Ich habe es nicht nötig, eine fremde Sprache zu sprechen«, erwiderte Chung Ren hochmütig.

»Dann brauche ich es Ihnen auch nicht zu übersetzen«, entgegnete Monsignore.

Chung Ren war unschlüssig. Er war zornig und hätte den Priestern gern die Erlaubnis verweigert, das Zimmer zu verlassen. Doch Ho-san war sein Vorgesetzter, und daher wagte er es nicht. Er gab ihnen mit der Hand ein Zeichen, und die beiden standen auf und folgten dem jungen Burschen.

Als sie Ho-sans Zimmer betraten, sahen sie sofort, daß er wirklich sehr krank war. Er lag auf einem Feldbett in einem Raum, der so kahl wie eine Zelle war. Auf seinen Wangen zeichneten sich rote Flecke ab, und seine großen Augen waren eingesunken.

Pater O'Banion trat eilig vor und kniete neben ihm nieder. »Warum haben Sie mich nicht eher holen lassen?« fragte er.

»Jetzt erwartest du wohl von uns, daß wir dich aufheitern sollen«, warf Monsignore empört dazwischen.

»Es ist mir völlig gleichgültig, was Sie denken, Sie alter Fuchs«, erwiderte Ho-san.

Pater O'Banion legte sich rasch ins Mittel. . . »Ho-san, er will Ihnen ja nicht mit seinen Worten wehe tun. Bedenken Sie, daß man es ihm nicht übelnehmen kann, wenn er wütend ist. Überlegen Sie sich einmal, was er in seinem Alter ausgestanden hat. Sie kennen ihn doch als einen gütigen, väterlichen Mann, der liebevoll für Sie gesorgt hat.«

»Trotzdem bin ich durchaus bereit, ihm die letzte Ölung zu verabreichen«, erklärte Monsignore.

Ho-san wandte sich an Pater O'Banion. »Hat Chung Ren Ihnen gesagt, daß meine Lunge nicht in Ordnung sei?«

»Ja«, erwiderte Pater O'Banion. »Und es tut mir wirklich sehr leid.«

»Er lügt«, sagte Ho-san zornig. »Er ist mein geheimer Feind und beschuldigt mich, daß ich mich zu den fremden Priestern – und zur Kirche hingezogen fühle. Mein Herz, behauptet er, sei immer noch durch Ihre Lehren vergiftet.«

»Sie sind krank«, mahnte Pater O'Banion sanft. »Sie sind sehr krank, mein Freund.«

»Ich habe Lungenentzündung«, behauptete Ho-san und bekam auf einmal einen fürchterlichen Hustenanfall. Er hielt sich ein Taschentuch vor den Mund. Es war sofort mit Blut durchtränkt, und er verbarg es unter der Felddecke, mit der er zugedeckt war. Bisher hatten sie chinesisch gesprochen, aber jetzt ging Ho-san zu Englisch über, das Monsignore ihn gelehrt hatte. »Eine Dosis Penizillin«, murmelte er, »und ich bin geheilt. Sie haben doch Penizillin.«

»Und warum schluckst du nicht eine von deinen eigenen Pillen?« fragte Monsignore bitter... »Dann wirst du dich wunderbar fühlen – genauso wie ich vor sechs Tagen, als deine Leute mich halbtot in meine Zelle zurückschleppten und mir eine Pille gaben.«

Ho-san sprach wieder chinesisch. »Machen Sie noch einmal Ihren Mund auf, Sie fremder Teufel, und ich lasse Sie erschießen.«

Er wandte sich wieder an Pater O'Banion. »Penizillin – geben Sie es mir ... oder ich verurteile Sie zu Einzelhaft.«

Pater O'Banion blickte Monsignore an. »Haben wir Penizillin?«

»Sie wissen ja, wo es geblieben ist«, entgegnete Monsignore. »Seine Leute haben alles in unserer Apotheke vernichtet mit der Begründung, daß es religiöse Hexerei sei. Sie haben keine Ruhe, bis sie alles Gute zerstört haben. Dafür mußt du jetzt büßen; das nennt man ausgleichende Gerechtigkeit, Ho-san.«

Doch Ho-san hörte nicht. Er hatte wieder mit einem Anfall zu kämpfen. Ein trockener, quälender Husten rüttelte und schüttelte ihn. Verzweifelt ruhten seine Augen auf Pater O'Banions Gesicht. »Ich bin sehr krank«, keuchte er, »dem Tode nahe.«

»Das hast du selbst heraufbeschworen«, sagte Monsignore streng. »Gott ist gerecht. Bittet, und ihr werdet empfangen!«

»Schweigen Sie«, stöhnte Ho-san. »Schweigen Sie, Sie kleiner – «

»Spion?« ergänzte Monsignore.

»Führen Sie ihn wieder ab ins Gefängnis«, befahl Ho-san einem der Wachtposten. »Sie bleiben hier«, sagte er zu Pater O'Banion.

Doch Pater O'Banion hielt den Posten zurück. »Ich habe eine Idee«, sagte er zu Ho-san. »In der Tung-An-Mission ist Penizillin vorhanden. Wenn ich es Ihnen hole, wollen Sie Monsignore Fitzgibbon dann verzeihen und ihm weitere Foltern ersparen? Er ist alt und möchte in sein eigenes Land zurückkehren, um dort zu sterben und bei seinen Ahnen begraben zu werden. Haben Sie Erbarmen, wie Sie es auch von Gott erwarten!«

Ho-san war immer noch ein Chinese, und er verstand das Verlangen eines Mannes, bei seinen Ahnen begraben zu werden. Unschlüssig hörte er zu. Dann fiel ihm wieder ein, daß er ja Kommunist war.

»Ahnen sind tot. Sie bedeuten mir nichts.«

»Wie können Sie das nur sagen, Ho-san?« rief Pater O'Banion entsetzt. »Kann es möglich sein, daß Sie auch nicht einmal mehr ein guter Heide sind? Gott helfe Ihnen!«

»Es gibt keinen Gott, und ich werde mir selbst helfen«, entgegnete Ho-san. Er blickte den jungen Priester plötzlich mit listigen Augen an und fuhr fort: »Tung An liegt zweihundert Kilometer südlich von hier und nicht weit von der Grenze. Wenn ich Sie gehen lasse, werden Sie niemals zurückkehren.«

»Ich gebe Ihnen mein Wort als Diener Gottes«,

sagte Pater O'Banion feierlich. »Sie wissen, Ho-san, daß ich mein Wort nicht brechen werde.«

Monsignore mischte sich hier ein. »Er ist so an seine eigenen Lügen gewöhnt – «

Doch Pater O'Banion ließ ihn nicht zu Ende reden. »Es ist Ihr Leben gegen mein Ehrenwort, Hosan.«

»Sein Wort gegen dein wertloses Leben«, bemerkte Monsignore. »Was für ungleiche Einsätze!«

Ho-san schloß die Augen. Eine Weile lag er schweigend und regungslos da. Dann sprach er. »Ich will das Risiko eingehen, fremder Priester O'Banion! Brechen Sie sofort auf. Sie können den Wagen benutzen, den wir im Namen der Partei beschlagnahmt haben. Ich gebe Ihnen zwei Tage Zeit, und wenn Sie bis dahin nicht zurückgekehrt sind, wird Monsignore Fitzgibbon sterben. Darauf gebe ich Ihnen mein Wort. Ich rate Ihnen, mir zu glauben – allen beiden.« Er kehrte das Gesicht zur Wand. Sie waren entlassen.

EINE STUNDE SPÄTER war Pater O'Banion unterwegs. Die Hälfte dieser Zeit hatte er mit Monsignore unter gegenseitigen Ermahnungen und Ermunterungen verbracht.

»Schlafen Sie, soviel Sie können, lieber Monsignore«, riet Pater O'Banion. »Auf diese Weise wird die Zeit bis zu meiner Rückkehr rasch vergehen.«

»Schlafen!« fauchte Monsignore. »Ich werde die

ganze Zeit über Stoßgebete zum Himmel schicken, daß Sie überhaupt zurückkommen, Sie und die Arche Noah! Mein Leben liegt in Ihrer Hand, bedenken Sie das, und ich kann Ihnen versichern, ich schwebe in Todesgefahr.«

Pater O'Banion wurde plötzlich ernst. Er hatte wohl gehört, was Ho-san gesagt hatte, aber er war an Drohungen und Sticheleien seitens seiner Kerkermeister so gewöhnt, daß Ho-sans Worte keinen besonderen Eindruck auf ihn gemacht hatten. Nun wurde er sich auf einmal bewußt, daß Monsignores kostbares Leben tatsächlich in seinen Händen, seinen großen, unbeholfenen Händen lag, und er begann zu zittern. »Wenigstens ist es nicht Thomas«, meinte er. »Auch ich werde beten, darauf können Sie sich verlassen; vom ersten bis zum letzten Augenblick.«

Sie hatten sich mit einem kräftigen Händedruck getrennt. Pater O'Banion, der sich hastig ein paar Tränen aus den Augen wischte, kletterte in die Arche Noah und war überrascht, daß der Motor sofort ansprang. Bald darauf lag die Stadt hinter ihm, und er holperte über das unebene Kopfpflaster der Landstraße dahin. Er schämte sich, als er entdeckte, daß er entgegen aller Erwartung den frühlingshaften Morgen genoß. Der Winter war noch nicht vorüber; es gab noch viel Kälte zu erwarten, aber dieser Tag war mild, und der Wind wehte vom Süden. Schwarzdrosseln arbeiteten emsig an den Winterweizenfeldern, und der Himmel war von einem weichen, feuchten Blau. Die Arche Noah hatte ein überraschend flottes Tempo, und der Fahrersitz war ausgebessert worden. Er war viel bequemer, als er ihn in Erinnerung hatte. Er machte es sich gemütlich, und dann überhäufte er sich mit gemurmelten Vorwürfen.

»Schäme dich, Pater O'Banion, daß du in so gehobener Stimmung bist! Denke an deinen Kollegen, der in der elenden Zelle schmachtet, dessen Leben davon abhängt, daß du mit dem Penizillin zurückkehrst, das vielleicht gar nicht zu haben ist!«

Er zog die Mundwinkel herab, um seinem Gesicht einen traurigen Ausdruck zu verleihen, und gab sich redlich Mühe, einen gebührenden Ernst an den Tag zu legen. In Wirklichkeit aber, dachte er voller Gewissensbisse, war es nicht nur der schöne Morgen, der ihn in eine so heitere Stimmung versetzte, sondern auch die Abwesenheit seines lieben Freundes und geistlichen Vorgesetzten, Monsignore Fitzgibbon. Monsignores schlechte Laune war von Tag zu Tag unerträglicher geworden. Er erinnerte sich an die Unterhaltung mit Ho-san, und es wurde ihm klar, daß er in die verzwickte Lage gebracht worden war, Ho-sans Partei zu ergreifen, und zwar aus Vernunftgründen und nicht aus Barmherzigkeit; obgleich man, so dachte er, während er die Arche Noah geschickt über das abgenutzte Kopfpflaster lenkte, in der letzten Zeit vielleicht ein gutes Wort für Ho-san einlegen konnte. Die Gefühle des jungen

Mannes waren ganz verworren, und er machte gelegentlich einen fast sanften Eindruck. Irgendwo steckte in ihm noch ein guter Kern. Er hätte einen feinen Priester abgegeben, wenn er nicht auf eine falsche Bahn geraten wäre. »Das Gute bricht hin und wieder durch«, murmelte Pater O'Banion. Selbstgespräche waren ihm in dieser Zeit zur Gewohnheit geworden, da ihm sonst nichts anderes übrigblieb, als sich Monsignores ständige Beschwerden anzuhören.

In solche Gedanken versunken, merkte er nicht, daß er hinten in der Arche Noah einen Passagier mit sich führte. Eine besonders tiefe, durch Jahrhunderte des Schiebkarrenverkehrs entstandene Rille im Pflaster schleuderte diesen Passagier hoch in die Luft. Es war Siu-lan! Ihr hübsches Gesicht tauchte über der Rückenlehne auf und wieder unter, ehe Pater O'Banion dessen gewahr wurde. Aber da sie nun einmal erschienen war, konnte sie der Versuchung nicht widerstehen, ein zweites Mal zu erscheinen. Sie kroch vom Fußboden, wo sie sich versteckt hatte, zum Rücksitz und kuschelte sich dort in eine Ecke. Auch konnte sie jetzt der Versuchung nicht widerstehen, ihre Gegenwart bekanntzugeben.

»Geistlicher Vater«, murmelte sie kaum hörbar.

Pater O'Banion fuhr heftig zusammen. Die Arche Noah sauste zur Seite und sprang vom Pflaster auf den seitlichen Pfad aus festgetretener Erde. Hier setzte der Motor aus. Pater O'Banion blickte geradeaus und nach beiden Seiten, um festzustellen, woher die Stimme kam. »Ich habe wohl geträumt«, murmelte er.

»Hier bin ich«, sagte sie.

Da drehte er sich um und sah sie. »Ja, du bist es tatsächlich«, sagte er ungläubig, »obgleich du dich verändert hast«, setzte er hinzu.

»Bin ich häßlich?« fragte sie mit schwacher Stimme.

»Nein«, sagte er verwundert, »nein, du bist – schön. Aber irgendwie traurig. Ich habe dich niemals traurig gesehen – « Er brach ab. Denn plötzlich erkannte er die Ungeheuerlichkeit ihrer Handlung. Er wurde ernst, und seine Stimme nahm einen strengen Ton an. »Aber es ist sehr unrecht von dir, daß du hier bist. Was soll ich nun anfangen? Der ganze Ärger beginnt wieder von neuem.«

Die Tränen traten ihr in die Augen, und ihre Lippen zitterten. »Ich habe Ihnen etwas zu essen gebracht.« Sie bückte sich und hob einen kleinen Korb vom Boden. »Ich habe es selbst gekocht. Ich wußte, daß man mich nicht zu Ihnen lassen würde – aber ich dachte, ich könnte vielleicht einen Wachtposten bestechen, daß er Ihnen den Korb brächte – doch ich fürchtete, er würde das Geld behalten und das ganze schöne Essen selber verzehren.«

Ihre Stimme sank zu einem Flüstern. Sie trocknete sich mit dem Zipfel ihrer Jacke die Augen und blickte dann mit einer so rührenden Sanftmut zu ihm auf, daß er nur seufzen konnte.

»Du bist immer von den besten Absichten beseelt, aber – «

Er schüttelte den Kopf und seufzte noch einmal. »Und wie«, erkundigte er sich, »bist du überhaupt in die Arche Noah gelangt?«

»Warum sind Sie so plötzlich fortgegangen?« fragte sie vorwurfsvoll. »Man sagte mir, Sie seien in der Arche Noah fortgefahren. Aber die Arche Noah stand am Gefängnistor, und da bin ich hineingekrochen, weil ich annahm, daß Sie vielleicht – «

»Wie schlau von dir«, sagte er bewundernd. »Aber wenn nun nicht ich es gewesen wäre, sondern einer dieser schurkenhaften Offiziere, was dann?«

»Ich wußte, daß Ho-san krank ist«, sagte sie.

»Deswegen bin ich hier«, verriet er ihr. »Man hat mich fortgeschickt, um Medizin zu holen.«

Sie beugte sich jetzt vor, und Bitterkeit sprach aus ihren Worten. »Lassen Sie ihn sterben. Oh, lassen Sie ihn sterben! Er ist ein schlechter Mann.«

»Ich kann ihn nicht sterben lassen«, sagte Pater O'Banion gequält. »Monsignores Leben hängt von Ho-sans Leben ab. Und außerdem, Siu-lan, würde ich es nicht tun, selbst wenn es in meiner Macht stünde. Die Bürde eines Menschenlebens ist zu schwer für meine Seele . . .«

»Ich will, daß Ho-san stirbt«, sagte sie eigensinnig.

Seine Augen füllten sich mit Tränen. Gern hätte er die Hand nach ihr ausgestreckt, um sie zu trösten, aber er wagte es nicht. »Wie kann ich dich dafür tadeln?« murmelte er. »Ich bin zwar keine Frau, aber wenn ich eine wäre, fühlte ich vielleicht genauso . . .« Er blickte zum blauen Himmel hinauf und bekreuzigte sich. »Heilige Mutter Gottes da oben, wenn du uns hier sehen solltest, es war ein Zufall. Ich habe es gewiß nicht geplant. Und vergib ihr im Hinblick auf das, was sie durchgemacht hat.«

Bei diesem Gebet fiel ihm ein, daß er ja Priester war. »Siu-lan, bist du zu deiner Mutter zurückgekehrt, wie ich dich gebeten habe?«

»Nein, Pater.« Sie saß jetzt sehr sittsam mit gefalteten Händen und geschlossenen Füßen auf dem Rücksitz. Der Wind hob das kurze Haar an ihren Schläfen und im Nacken und spielte sanft damit.

Er blickte weg. »Und warum nicht?« fragte er in möglichst strengem Ton.

»Sie hätte mich gezwungen, Ho-san zu heiraten.«

Sie begann leise vor sich hinzuweinen, und Pater O'Banion biß die Zähne aufeinander. Frauentränen, so hatte Monsignore ihn einst instruiert, sind die beste Waffe des Teufels.

»Wie hast du ihn überhaupt kennengelernt? Ich erinnere mich jetzt, daß du durch das Tor segeltest und dem Wachtposten zu verstehen gabst, Ho-san habe dir die Erlaubnis gegeben.«

Sie hörte auf zu schluchzen und sah ihm voll ins Gesicht. »Ich habe gelogen.«

Er stöhnte. »Was für Kummer machst du mir doch! Von allem, was du dir bisher geleistet hast, ist dies das Schlimmste. Wie kann ich es jemals erklären, daß du hier bei mir bist? Ich, ein Priester, und allein mit einer Frau im Auto, Gott helfe mir!«

»Ich will mich wieder verstecken«, sagte sie todunglücklich und wollte hinter seinem Sitz zu Boden sinken. Aber er streckte die Hand aus und hinderte sie daran.

»Du kannst dich nicht vor Gott verstecken«, sagte er zu ihr in seiner priesterlichsten Stimme. »Aus diesem Grunde ist es wohl am besten, wenn du dich zu mir nach vorn setzt. Das gibt mir die Gelegenheit, dir während der Fahrt einmal tüchtig ins Gewissen zu reden. Du hast also gelogen, nicht wahr? Und Ho-san ist zweifellos dahintergekommen und war besonders wütend auf dich.

Und dann hat er seinen Zorn recht grausam an dir ausgelassen... Gott helfe mir, und rück nicht so dicht an mich heran.«

Siu-lan hatte nicht lange gezögert, sondern war rasch auf den Vordersitz geklettert, während Pater O'Banion noch redete und den Wagen wieder in Gang brachte. Während der nächsten paar Kilometer sagte keiner von ihnen ein Wort. Pater O'Banion rang mit sich, um zu vergessen, daß sie noch etwas anderes war als eine Sünderin, obgleich auch ein Kind Gottes. Und wann sollte er mit der Aufgabe beginnen, ihre Seele zu retten? Sie blickte ihn hin und wieder verstohlen von der Seite an, aber er wandte den Kopf nicht, sondern kehrte ihr nur ein strenges Profil zu und hielt den Blick auf die Straße gerichtet. Doch da sie eine Frau war, wußte sie, was in ihm vorging, und wartete, ihres Sieges sicher. Er konnte ihre Gegenwart nicht vergessen, weil sie eben da war, und er konnte nicht entrinnen.

Ein angenehmes Gefühl des Friedens erfüllte sie. Zum erstenmal seit Wochen löste sich die Beklemmung in ihrem Herzen. Nein, sie war nicht zu ihrer Mutter zurückgekehrt. Statt dessen hatte sie sich im Pfarrhaus versteckt und dort allein gelebt. Nur der Torwächter wußte von ihrer Anwesenheit und hatte ihr abends etwas zu essen gebracht. Ein seltsames, einsames Leben hatte sie dort geführt und nicht einmal den Trost gehabt, die Zeit in Pater O'Banions Zimmer zu verbringen; denn die Erinnerung, die dieser Raum für sie barg, war böse. Böse? In jenen langen, stillen Stunden kehrten ihre Gedanken oft zu Ho-san zurück, zunächst mit Entsetzen und Zorn und dann mit Mitleid. Er war von Teufeln besessen gewesen, die ihn zu seiner gemeinen Tat antrieben.

Oh, dieses köstliche Gefühl der Erleichterung, wieder in Pater O'Banions Nähe zu sein! Sie spürte eine unendliche Ruhe und versank in einen leichten Schlummer.

Mittlerweile schaukelte die Arche Noah weiter und schleuderte die Insassen auf der unebenen Landstraße hin und her. Sie fiel im Schlaf gegen ihn. Konnte sie vielleicht etwas dafür?

»Setze dich näher an die Tür«, sagte er barsch mit zusammengebissenen Zähnen. »Rücke mir nicht so nahe auf die Haut!«

Wortlos gehorchte sie ihm. Sie zwang sich, wach zu bleiben, damit sie aufrecht sitzen und die nötige Distanz halten konnte, und fürchtete sich ein wenig vor ihm. Sie legten weitere zehn Kilometer zurück. Er hatte nichts mehr gesagt. Sie blickte ihn von der Seite an. Sein Gesicht hob sich blaß von dem blauen Himmel ab und hatte einen starren Ausdruck.

»Sind wir denn nicht unschuldig?« fragte sie kläglich.

»Doch, und wir sind es immer gewesen – wenigstens was mich angeht«, erwiderte Pater O'Banion in bewußt kühlem Ton.

»Ja«, stimmte sie ihm traurig zu. »Ihnen allein ist es zuzuschreiben, daß wir unschuldig sind.«

»Gott hat mir geholfen«, verkündete Pater O'Banion. »Und Er wird dir auch helfen, wenn du darum bittest.«

»Warum sollte ich wohl um solche Hilfe bitten?« fragte sie überrascht.

Sie stellte diese leichtfertige Frage mit einer solchen Unbefangenheit, daß er seine guten Vorsätze vergaß und sich nach ihr umdrehte, um sie zu tadeln. Ihre Augen begegneten sich, und er blickte hastig wieder auf die Straße.

»Fang nicht wieder damit an«, gebot er.

»Fange ich etwas an?« erkundigte sie sich mit unschuldiger Miene. »Ich wußte gar nicht, daß je etwas zwischen uns war.«

»Nun ist's aber genug«, erklärte Pater O'Banion energisch. »Meiner Ansicht nach weißt du genau, was du tust.«

»Darf ich denn überhaupt nichts sagen?« fragte sie schmollend, während sich die langen Wimpern über die dunklen Augen senkten.

»Kein Wort«, sagte er kurz.

»Es ist aber mein Herz, das aus mir spricht, und was kann ich gegen mein Herz ausrichten?«

»Denk an deine Sünden«, riet Pater O'Banion.

Sie antwortete mit einem kleinen Schluchzer und bedeckte das Gesicht mit den Händen. »Wie grausam Sie doch sind!«

Wahrhaft erstaunt blickte er sie von der Seite an. »Wieso grausam?« protestierte er. »Ich spreche zu dir als dein Priester und Beichtvater.«

»Sie sprachen von Sünde – Sie halten mich für eine schlechte Frau«, schluchzte sie.

»Das tue ich nicht«, erwiderte er hastig.

»Doch. Und auch mit Recht«, stöhnte sie, »weil ich tatsächlich eine schlechte Frau bin. Nichts kann mich wieder reinmachen. Ich bin zerbrochen. Ich bin beschmutzt. Ich tauge zu nichts mehr. Wie kann ich es Ihnen verargen, daß Sie mich verachten? Sie sollten mich auch verachten! Ich verachte mich selbst.«

Er zog die Bremse an, und der Wagen hielt mit einem Ruck. »Ich verachte dich nicht«, sagte er leidenschaftlich. »In meinen Augen bist du rein – und – und hold – und gut... Ja, gut!«

Siu-lan nahm die Hände vom Gesicht. An ihren Wimpern hingen noch ein paar Tränen, aber sie lächelte.

»Oh – bitte«, hauchte sie. »Bitte, reden Sie weiter – trösten Sie mich – bitte!«

Pater O'Banion schaltete den Motor wieder ein. »Nun denke aber nicht, daß ich damit etwas meine, was ich überhaupt nicht meine... Du verstehst mich falsch, das sage ich dir.«

»Sie meinen – Sie meinen gar nicht, was Sie sagen?«

»Doch, ich meine schon, was ich sage, aber nicht, wie du es auffaßt«, erwiderte er gereizt. »Siu-lan, du stellst dich dümmer an, als du bist. Ich weiß nur zu gut, daß du einem Mann die Worte im Mund umdrehst, wie es dir gerade für deinen Zweck paßt – und immer für denselben Zweck.«

»Sie sind ein wundervoller Mann!« flüsterte sie.

Die Versuchung reckte drohend ihr Haupt, und ein eisiger Schreck durchfuhr ihn. Er verschränkte die Arme auf der Brust und starrte über den grünen Weizen. »Du sollst in mir nicht den Mann sehen«, sagte er grimmig.

»Aber Sie sind doch ein Mann«, protestierte sie. »Und wenn ich Sie ansehe – «

»Dann sieh mich nicht an«, befahl er.

»Wenn ich an Sie denke – «

»Denke nicht an mich«, gebot er. »Oder höchstens nur an mich als einen Gott geweihten Priester.«

»Aber Sie reden doch immer von Liebe«, wandte sie ein.

»Unpersönlich«, erläuterte er in strengem Ton. »Liebe zu Gott, Liebe zu den Menschen, zu allen Menschen – «

»Niemals Liebe zu einer Frau?«

»Niemals! Mit Ausnahme der gesegneten Jungfrau Maria.«

Sie schwieg eine Weile. Dann blickte sie ihn strahlend an. »Könnten Sie nicht auch in mir eine gesegnete Jungfrau sehen?«

»Nein«, erklärte er, »das geht nicht.«

»Oh«, sagte sie und setzte nach einer Weile leise hinzu: »Was soll ich also nun machen?«

»Das weiß ich nicht«, meinte er.

Er brachte die Arche Noah wieder in Gang, und Siu-lan rückte so weit wie möglich von ihm ab, bis sie am offenen Fenster saß. Die Tränen strömten ihr über die Wangen, und sie wischte sie mit dem Ärmel fort. Er schien dieses Weinen nicht zu bemerken.

»Woran denken Sie, geistlicher Vater?« fragte sie schließlich sehr demütig.

»Ich denke an Ho-san«, erwiderte er.

»Denken Sie nicht an ihn, geistlicher Vater!«

»Es ist meine Pflicht«, entgegnete er. »Ich sehe allmählich, daß er nicht durch und durch schlecht ist. Ja, obwohl er – die Sache ist die – du bist eine Frau. Wie kann ich dir das Wesen eines Mannes erklären?«

Sie unterbrach ihn leidenschaftlich. »Versuchen Sie nicht, mir zu erklären, daß Ho-san ein guter Mann ist. Das ist unmöglich.« Und sie brach von neuem in Tränen aus.

Er steuerte den Wagen mit sicherer Hand, während er weiter zu ihr sprach.

»Was ich dir klarzumachen suche, ist, daß selbst ein guter Mann gewissen Versuchungen – «

»Ich habe ihn nicht in Versuchung geführt«, stieß sie hervor.

»Du weißt nicht, wann du einen Mann in Versuchung führst«, entgegnete er. »Wenn ein guter Mann vorübergehend von einer bösen Anwandlung befallen wird, benimmt er sich oft ekelhafter als die schlechtesten Männer. Aber das Gute in ihm kommt letzten Endes doch zum Durchbruch, und ich glaube, daß dies jetzt bei Ho-san der Fall ist. Daher – «

Er ließ eine so lange Pause eintreten, daß sie ihn zum Weiterreden drängte.

»Und worüber denken Sie jetzt nach?«

»Ich möchte, daß du Ho-san heiratest«, sagte Pater O'Banion unvermittelt.

Sie stieß einen Schrei aus. »Nein – nein – «

»Betrachte es als eine Möglichkeit«, riet er. »Es würde eine Reihe von Problemen lösen. Und unter deinem guten Einfluß – denn ich glaube, so wahr mir Gott helfe, daß du eine gute Frau bist, wenn ich auch nicht recht verstehe, wie ich dazu komme – bei diesen Augen, diesem Gesicht – aber schließlich kannst du ja eigentlich nichts für dein Aussehen – «

»Ich kann es einfach nicht«, stammelte sie. »Ich möchte, bitte, lieber nicht heiraten. Ich möchte in Ihrer Nähe bleiben, bitte! Selbst wenn ich nie mehr mit Ihnen reden und Sie nur hin und wieder ansehen dürfte – das wäre besser als jede Heirat – «

»Armes Kind«, murmelte Pater O'Banion.

Gern hätte er den Wagen zum Stehen gebracht, aber er wagte es nicht. Wenn er anhielt, konnte er es vielleicht nicht verhindern, daß er sie in die Arme schloß. Er war dann vielleicht nicht imstande, seine Liebe in den Grenzen des Mitleids zu halten.

»Beten und Fasten«, murmelte er. »Nur durch Beten und Fasten – «

»Was haben Sie gesagt, Pater?«

»Ich habe Selbstgespräche geführt«, erwiderte er grimmig.

Sie saß da und verschränkte ihre kleinen Hände. »Ich könnte eine Nonne werden, nicht wahr, Pater?« sagte sie nach einer Weile. »Wenn ich eine Nonne wäre, könnte ich in Ihrer Nähe leben. Ich könnte Waisenkinder betreuen, und Sie könnten sie in Ihrer guten Religion unterweisen. Es würden nicht unsere Kinder sein, aber ich könnte es mir einbilden, nicht wahr?«

»Nein«, sagte er, »du darfst dich nicht solchen Träumen hingeben... Und aus solchen Gründen darfst du auch keine Nonne werden... Eine Frau wird Nonne, um Gott nahe zu sein, nicht einem Manne und schon gar nicht einem Priester.«

»Es ist schwer, einen Gott zu lieben, den man nicht gesehen hat«, seufzte sie. »Wenn Sie mir vielleicht gestatten, Sie zu lieben, kann ich es nach einer gewissen Zeit auch lernen, Ihren Gott zu lieben.«

»Nein«, sagte er und fügte nach einer Weile vier Worte hinzu: »Ich darf es nicht.«

Diese vier Worte sprachen von einer Bürde, die Siu-lan plötzlich verstand. Er liebte sie also doch. Aber um seiner vermeintlichen Pflicht willen wollte er diese Liebe ersticken. So etwas war einer Frau unverständlich, aber sie spürte die Stärke in ihm, diese unüberwindliche, entschlossene Hingabe an die Pflicht, und sie besaß keine Waffe gegen einen Mann, der seine eigene Schwäche kannte und keinen Schritt weichen wollte. Nicht vor sich selbst, nicht vor ihr und nicht vor der Liebe! Sie wußte, daß sie geschlagen war, und richtete nur noch eine Frage an ihn.

»Hätten Sie mich geliebt, Pater, wenn Sie kein Priester gewesen wären?«

Im Innersten aufgewühlt, dachte er über diese Frage nach, und sie wartete geduldig, während er nach einer Antwort suchte.

»Was ich auch bin«, sagte er schließlich, »und was ich auch hätte sein können – es macht keinen Unterschied. Meine Gefühle für dich bleiben immer dieselben.«

Sie nahm diese Worte wie ein Geschenk von ihm entgegen – nicht das volle Geschenk, nach dem sie sich sehnte, das Geschenk seiner selbst, aber dennoch ein besonderes Geschenk, eins, das er keiner anderen Frau geben würde.

»Darf ich darin Trost suchen?« fragte sie nach einem Augenblick des Schweigens.

»Das darfst du«, sagte er sanft. »Immerdar.«

In den beiden Tagen, die nun folgten, spürte Pater O'Banion, wie eine neue, bisher unbekannte Kraft seine Seele und seinen Körper durchströmte. Fast kam er sich wie ein anderer Mensch vor, obgleich sein großer Körper genauso linkisch wie vorher war und sein Gesicht sich nicht verändert hatte. Und doch, sein Gesicht war nicht mehr ganz dasselbe.

Als er sich abends nach der Ankunft in Tung An wusch, blickte er in den winzigen Spiegel, der über der Blechschale im Waschraum des Krankenhauses hing. Er entdeckte zwar keine Veränderung in seinen Zügen, aber einen neuen Ausdruck um seinen Mund. Die Lippen besaßen einen festeren Schwung, und in seinen Augen lag ein standhaftes Leuchten, das selbst ihm auffiel.

Ich bin Herr über meine Seele geworden, dachte er triumphierend, und dann fiel ihm ein, daß er ja demütig sein mußte. Nein, seine Gebete waren erhört worden. Den ganzen Tag hindurch hatte er um Kraft gebetet, damit er seine fleischlichen Gelüste bezähmen konnte, und schließlich hatte er gespürt, daß eine Macht wie eine ruhige, starke Meeresflut in seine Seele strömte und das Verlangen schwand. Zu einem gewissen Zeitpunkt mitten am Nachmittag wußte er, daß er sich nun der Aufgabe widmen konnte, die kleine Gestalt hinten im Auto zu retten.

Denn dahin hatte sich Siu-lan zurückgezogen, als die Stunden verstrichen, ohne daß Pater O'Banion mit ihr sprach. Sie hatte ihm verstohlene Blicke zugeworfen, während sie so weit wie möglich von ihm entfernt vorne im Auto saß. Er aber hatte nicht den Kopf gewandt, sondern seine ganze Aufmerksamkeit auf die holperige Landstraße gerichtet und das Tempo beschleunigt, bis sie eine Stunde nach Mittag eine kurze Rast einschalteten, um etwas zu sich zu nehmen. Selbst dann ließ er keine Unterhaltung aufkommen.

»Setz dich zu den Frauen an den Tisch«, hatte er befohlen. Er hatte das Essen in ihrem Korb geteilt und seinen Anteil mit an einen Tisch genommen, an dem nur Männer aßen. Keiner von ihnen wagte es, eine Unterhaltung mit ihm anzuknüpfen, und sie starrten ihn nur neugierig an, als er sich bekreuzigte und ein kurzes Tischgebet murmelte. Er selbst schien die anderen nicht zu bemerken und sprach kein Wort. Am anderen Tisch starrten die Frauen Siu-lan ebenso neugierig an.

»Sind Sie die Konkubine des fremden Teufels?« fragten sie.

»Nein«, erwiderte sie. »Er ist ein Priester.«

Das verstanden sie, denn selbst in den Tempeln Buddhas darf kein Priester eine Frau oder eine Konkubine nehmen. Doch waren sie immerhin Frauen vom Lande und lachten hinter vorgehaltenen Händen höhnisch über sie.

»Sie sind sehr jung – Sie sind hübsch – «

»Ich gehöre zu seiner Kirche«, antwortete sie darauf, »und habe ihn gebeten, mich in seinem Auto mitzunehmen, weil ich unser altes Haus in Tung An besuchen wollte.«

Eine Lüge, denn ihr Haus lag nicht in Tung An, aber sie war nützlich. Als sie wieder in die Arche Noah kletterte, setzte sie sich auf den Rücksitz, und Pater O'Banion äußerte sich nicht dazu.

Abends in Tung An übergab er sie der Oberin des Krankenhauses, der Siu-lan eine neue Lüge erzählte: auf dem Wege zu ihrem Heimatdorf sei sie von bösen Männern angefallen worden; der fremde Priester habe sie gerettet und werde sie morgen nach Hause bringen. Diese Lüge erwies sich ebenfalls als nützlich.

Die Nacht ging schnell vorüber. Pater O'Banion

erwachte schon sehr früh am nächsten Morgen. Während er sein Frühstück aß, ließ er Siu-lan ausrichten, sie möchte sich bereithalten. Sobald er das Penizillin sicher in Händen hatte, brachen sie auf. Sie saß wieder hinten im Auto und er allein vorn. Aber heute war er freundlich zu ihr. Mehrere Male erkundigte er sich nach ihrem Wohlergehen.

»Bist du durstig?« fragte er. Und ein anderes Mal: »Ist die Straße zu holperig für dich? Leider gibt es keine andere – «

Bei all diesen Nachfragen schüttelte sie den Kopf. Es war die Freundlichkeit eines Vaters einem Kinde gegenüber und nicht die Zärtlichkeit, die ein Mann einer Frau erweist. Sie kannte den Unterschied sehr gut, und als die Dämmerung sich herabsenkte, weinte sie heimlich in ihren Ärmel.

UM MITTERNACHT GELANGTEN sie an ihr Ziel, und Pater O'Banion ließ den Wagen an der hinteren Mauer des Pfarrhauses halten, wo sie hinüberklettern und sich mit Hilfe der Bambusbäume in den Garten fallen lassen konnte. Sie hatte selbst darum gebeten, denn er hatte sie wieder zu bewegen versucht, zu ihrer Mutter zurückzukehren.

»Es gehört sich nicht für dich, allein im Pfarrhaus zu leben«, hielt er ihr vor.

»Ich wage es nicht, diesen langen Weg zu meiner Mutter allein zurückzulegen«, sagte sie ihm.

»Du könntest Thomas reiten«, schlug er vor.

»Sie wissen ganz gut, daß der Esel sich niemals von einer Frau reiten läßt«, entgegnete sie.

Das stimmte, aber er hatte es vergessen. Es blieb ihm nichts anderes übrig, als sie gewähren zu lassen und sich dann eiligst zu Ho-san in die Kaserne zu begeben, da er wohl wußte, daß Monsignores Leben von ihm abhing.

Ho-san hob den Kopf von seinem hölzernen Kissen, als Pater O'Banion eintrat. »Sie sind also doch zurückgekommen«, sagte er überrascht.

»Das habe ich Ihnen ja versprochen«, erwiderte Pater O'Banion.

»Ich habe es nicht geglaubt«, sagte Ho-san. »Und doch hätte ich es mir denken können. Ihr fremden Priester haltet zusammen wie Pech und Schwefel.«

»Allerdings habe ich an Monsignore gedacht«, erklärte Pater O'Banion. »Aber selbst wenn er nicht hiergewesen wäre, wäre ich heute pünktlich zurückgekehrt.«

»Für wen?« fragte Ho-san.

»Für Sie«, erwiderte Pater O'Banion.

Ho-san verzog seine hübschen Lippen. »Erwarten Sie etwa, daß ich diesen frommen Worten Glauben schenken soll?«

»Ob Sie es glauben oder nicht, es ist wahr«, erklärte Pater O'Banion. »Ich habe das Penizillin für Sie mitgebracht.«

»Kein Mensch ist so gut, wie Sie sich den Anschein geben«, sagte Ho-san.

Pater O'Banion erwiderte nichts darauf, sondern

bereitete die Spritze vor. Seine großen Hände, die gewöhnlich ungeschickt und zittrig waren in seinem Bestreben, alles gut zu verrichten, waren sicher und ruhig, wenn er ärztliche Instrumente handhabte. Vor Jahren, als er sich noch in der Ausbildung befand, hatte er sich heimlich danach gesehnt, der ärztlichen Bruderschaft beizutreten. Doch Monsignore hatte es verboten.

»Was, Sie, O'Banion? Sie wollen Chirurg werden? Unsinn, mein Junge. Das erfordert großen Verstand. Wohlgemerkt, es ist nicht Ihre Schuld, daß Sie nicht das Zeug dazu haben. Gott hat es Ihnen nicht gegeben.«

»Nein, Monsignore«, hatte er mit gesenktem Kopf geflüstert und seine großen Finger ineinander verflochten.

Er hatte genug Eigensinn besessen, um Monsignore heimlich zu trotzen, allerdings nicht mehr. Immerhin hatte er seine freie Zeit als freiwilliger Helfer im Krankenhaus verbracht, wo er das Operationszimmer aufräumte, kleine Hilfeleistungen verrichtete und Botengänge besorgte.

»Sie haben eine gute Hand dafür«, hatte ein junger Chirurg einmal zu ihm gesagt und war ganz gerührt gewesen, als er sah, wie sich die Augen des großen Burschen mit Tränen füllten.

»Sie können demnächst mal zusehen, wenn ich operiere«, hatte er hinzugefügt, und dann war sein Blick auf die riesigen Füße des jungen Mannes gefallen.

»Können Sie keine Soutane finden, die lang genug ist, um Ihre Klutentrampler zu verdecken?« hatte er mit schallendem Gelächter gefragt.

»Sie lassen die Soutanen immer eingehen«, hatte O'Banion gemurmelt und sich aus dem Zimmer gemacht.

Er war stets zu leicht verletzt gewesen, aber verbissen genug, um immer wieder zurückzukehren. Als er Irland dann verließ und nach Südchina in die Provinz Kwangtung geschickt wurde, hatte er in freudiger Erregung gleich nach seiner Ankunft eine kleine Klinik aufgemacht, wo er alle, die zu ihm kamen, kostenlos behandelte. Natürlich nur Menschen mit den üblichen Krankheiten, und selbst das hätte er nicht gewagt, wenn er unter Monsignores strengem Auge gelebt hätte.

Jetzt rieb er Ho-sans Arm mit Reiswein ab, um ihn zu desinfizieren, dann führte er die Nadel ein.

»Garantieren Sie, daß ich gesund werde?« fragte Ho-san.

Pater O'Banion zog sanft die Nadel heraus und säuberte sie mit dem Wein. »Diese Garantie kann ich Ihnen nicht geben«, erwiderte er. »Wenn es Gottes Wille ist, werden Sie durchkommen.«

Er setzte sich wieder auf den Bambusschemel und begann, seinen Rosenkranz abzubeten, während er seinen Patienten beobachtete. Es würde eine Weile dauern, bis sich die Wirkung des Antibiotikums bemerkbar machte. Er betete heimlich, daß Ho-san an die soeben verabreichte Medizin glauben und durch seinen Glauben Ruhe erlangen möge. Aber Ho-san wälzte sich unruhig auf seinem Lager hin und her und stöhnte und jammerte. »Ich brenne vor Hitze. Die Medizin ist nutzlos.«

»Sie brennen vor Ungeduld«, erwiderte Pater O'Banion.

Mit diesen Worten erhob er sich, goß kaltes Wasser in eine Schale und benetzte mit einem kleinen Handtuch Ho-sans Gesicht und Hände.

»Warum tun Sie dies für mich, wenn Sie mich hassen?« murmelte Ho-san. Er wünschte, er könnte diese Dienstleistung zurückweisen, aber die Kühle verschaffte ihm solche Erleichterung, daß er nicht darauf verzichten wollte.

»Ich hasse Sie nicht«, sagte Pater O'Banion in seiner milden Art. »Im Gegenteil – ich liebe Sie mit einer brüderlichen Liebe.«

Ho-san verzog sein Gesicht zu einem bitteren Lächeln. »Liebe – Liebe – ihr Christen redet immer von Liebe!«

»Wenn Sie noch an Gott glaubten«, sagte Pater O'Banion, während er Ho-sans heiße Stirn kühlte, »wüßten Sie, was ich unter brüderlicher Liebe verstehe. Sie vertreibt den Haß aus dem Herzen, weil es von Liebe erfüllt ist.«

»Ich brauche keine Liebe«, erklärte Ho-san. »Ich habe Arbeit zu leisten – eine Pflicht dem Staat gegenüber –«

Pater O'Banion tauchte das Handtuch in das frische Wasser, drückte es aus und badete Ho-sans heißes Gesicht, seine Schläfen, seine Handgelenke und seine trockenen, brennenden Handflächen.

»Was ist der Staat?« fragte er. »Er ist nichts. Eine

Idee, eine Vorstellung, ohne Geist, ohne Herz – eine Organisation, die nicht besser ist als die Menschen, die sie ins Leben rufen. Denken Sie an Ihre Eltern, wenn Sie nicht an Gott denken wollen. Denken Sie daran, wie sie Sie liebten, als Sie noch ein Kind waren – «

»Mich liebten? Sie ließen mich im Staube liegen«, entgegnete Ho-san.

Er schloß die Augen, das Gesicht in schmerzlicher Erinnerung verzerrt. Er sah sich wieder als kleinen verirrten Jungen, der nach seinen Eltern weinte, hin und her geschubst von einer Horde fremder Menschen, von denen keiner auf ihn hörte oder sich um ihn kümmerte. Er war zu jung, um sich an irgend etwas anderes erinnern zu können als an die Panik des Verlorenseins. Doch nichts hatte die Kraft dieser Erinnerung abgeschwächt. Als Monsignore Jahre später zwei alte Landleute zu ihm führte, einen Mann und eine Frau, die er als seine Eltern vorstellte, duldete er wohl ihre tränenreichen Umarmungen, aber sein Herz blieb kalt in Erinnerung an den kleinen verirrten Jungen.

»Ich möchte es bezweifeln, daß Ihre Eltern Sie absichtlich im Stich gelassen haben«, hörte er Pater O'Banion sagen. »Sie haben Sie allerdings verloren, aber das geschah in einer Horde von Flüchtlingen, nicht wahr? Und vielleicht waren sie infolge von Hunger und Furcht ganz kopflos. Dann aber hat Monsignore Sie gefunden – zweifellos eine Fügung Gottes – und Ihre Eltern kehrten zu Ihnen zurück.«

Ho-san hörte sich das an, ohne jedoch eine Bemerkung zu machen. Es war ihm gleichgültig, wie oder warum jene Bauern ihn zurückgelassen hatten. Sie hätten bestimmt nach ihm suchen können, bis sie ihn fanden. Und wenn sie hungerten, nun, ihr Kind hungerte auch, nicht wahr? Selbst jetzt wollte er sich nicht trösten lassen. Nein, er wußte nur zu gut, daß hungrige Leute ihre Kinder absichtlich zurückließen und dann behaupteten, sie seien ihnen abhanden gekommen, damit ein hungriger Mund weniger zu füttern war, wenn sie die paar übriggebliebenen Körner eines abgeernteten Feldes sammelten oder in einem buddhistischen Tempel eine Schale Reissuppe als milde Gabe erhielten. Er weigerte sich, an das Gute im Menschen zu glauben. Selbst die milde Gabe wurde nur verabreicht, um sich eine Belohnung vom Himmel zu sichern, obwohl der Himmel ja nur eine abergläubische Vorstellung war. Und die Handvoll Reis auf einem abgeernteten Feld – na, die hätten die Bauern auch noch für sich zusammengekratzt, aber sie waren eben nicht hungrig und daher zu ungeduldig, um Korn für Korn aufzulesen.

Pater O'Banion fuhr unentwegt fort: »Und es gibt auch noch eine andere Liebe – die Liebe einer Frau, der Frau, die Sie eines Tages heiraten werden. Und Sie werden Kinder haben, die Sie lieben, und diese Kinder werden Sie lieben. Dann werden Sie wissen, was Liebe bedeutet, und daß es ohne Liebe keine Schönheit im Leben gibt.«

Sein Herz war plötzlich zu voll. Er konnte nicht weiterreden. Er sprach zu Ho-san von einer Liebe, der er selbst für immer entsagen mußte, und er spürte ein Bedürfnis zu beten. Er stellte die Schale mit den Tüchern beiseite und legte Ho-san die Hand auf die Stirn. Sie fühlte sich merklich kühler an. Ho-sans Augen waren halb geschlossen, als ob er nicht hörte, was gesagt wurde.

»Ich muß jetzt Monsignore aufsuchen«, sagte Pater O'Banion. »Schlafen Sie ein wenig. Aber wenn Sie aufwachen, denken Sie an das, was ich gesagt habe, mein Freund, mein Bruder.«

Ohne daß Ho-san es sah, machte er das Zeichen des Kreuzes über ihm. Dann raffte er seine Soutane zusammen und ging hinaus.

MONSIGNORE FITZGIBBON WAR nicht allein, als Pater O'Banion die Zelle betrat. Etwa eine Viertelstunde vorher, als er gerade das kleine Brevier las, das er im Ärmel seiner Soutane versteckt hielt, war Siu-lan hereingekommen, angeblich, um ihm einen zugedeckten Korb zu bringen, in den sie zwei Schalen mit Schmorfleisch und Gemüse gestellt hatte. Ruhig und sittsam hatte sie Monsignore begrüßt und dann die Schalen auf den Tisch gestellt.

Monsignore zögerte keine Sekunde, seiner Freude über das gute Essen Ausdruck zu verleihen. Wenn er auch durch Folterqualen und sonstige Leiden etliche Pfunde leichter geworden war, so hatte er doch nicht seinen Appetit eingebüßt, und sein Magen knurrte ständig bei der elenden, aus Suppen und heißem Wasser bestehenden Gefängniskost.

»Gute und getreue Dienerin«, hatte er ausgerufen, als Siu-lan eintrat. »Und möge die Mutter Gottes segnend und schützend ihre Hand über Sie halten, mein Kind. Was haben Sie denn da? Nein, verraten Sie es mir nicht – lassen Sie mich riechen! Ah, mein Lieblingsgcricht: Huhn, Schweinefleisch mit Wein und grünem Kohl und Bohnenmus. Gott sei Dank, daß es erst Donnerstag ist, jedenfalls nach meiner Schätzung, und wenn ich mich irren sollte, so rechne ich es mir nicht als Sünde an, denn diese Roten geben uns keinen christlichen Kalender.«

Siu-lan hatte nur gelächelt, als sie die beiden großen Schalen aus dem Korb nahm und auf den Tisch stellte. Dann holte sie zwei leere Näpfe, zwei Paar Eßstäbchen und eine Teekanne mit zwei kleineren Schälchen hervor.

»Ich werde nicht auf Pater O'Banion warten«, erklärte er, als ihm der leckere Duft in die Nase stieg. »Es wäre ein Jammer, wenn man das schöne, heiße Essen kalt werden ließe.«

Mit diesen Worten ergriff er die Eßstäbchen und machte sich an die Arbeit. Innerhalb weniger Augenblicke war seine Schale leer. Mit sehnsüchtigem Verlangen schielte er nach der zweiten Schale, als Siu-lan den Augenblick für gekommen hielt, ihn über den tieferen Grund ihres Erscheinens aufzuklären. Sie trat vor ihn hin und betupfte sich mit ihrem Ärmel zart die Augen.

»Monsignore«, begann sie und brach ab.

Monsignore Fitzgibbon blickte sie an. »Was ist Ihnen?«

»Ich habe etwas zu beichten«, sagte sie kleinlaut, während sie den Kopf sinken ließ und die Hände übereinanderlegte.

Sie war eine liebliche Frauengestalt, als sie so mit geröteten, runden Wangen und gesenkten Wimpern vor dem Priester stand – schlank und graziös in der sauberen blauen Baumwollhose und Jacke ihrer Dorftracht. Schon vor langer Zeit hatte Monsignore den Frauen sein Herz verschlossen und war gegen jede Versuchung gefeit. Dennoch versetzte ihn ein gewisses väterliches Interesse in milde Stimmung. Hier war immerhin eine menschliche Seele, wenn sie auch in einem Frauenkörper eingeschlossen war.

»Beichten Sie, mein Kind«, sagte er, »und ich werde Ihnen Absolution erteilen. Nach einer solchen Mahlzeit wäre es schierer Undank, wenn ich es nicht täte.«

»Ach, ich kann leider nicht von dem absolviert werden, was ich beichten muß«, klagte Siu-lan.

»Wenn Sie bereuen«, erklärte Monsignore, »ist Absolution durchaus möglich.«

»Ich habe nichts zu bereuen«, sagte Siu-lan.

Monsignore war verdutzt. »Leben Sie in Sünde?« forschte er.

»Nein, Monsignore«, erwiderte Siu-lan. »Ich habe Glückseligkeit in mir.«

Nun, wenn Monsignore nicht gerade ein Priester gewesen wäre, hätte er wahrscheinlich gewußt, was diese Worte bedeuten, wenn sie eine Chinesin auf chinesisch ausspricht. Aber er war nun einmal ein

Priester und befaßte sich stets mehr mit seinen priesterlichen Interessen als mit menschlichen Angelegenheiten.

»Wie können Sie Glückseligkeit in sich und gleichzeitig etwas zu beichten haben?« fragte er. »Man kann nur glücklich sein, wenn man gut ist.«

Siu-lan hob die Wimpern und sah ihn an. »Hat nicht die Heilige Jungfrau selbst von ihrer Glückseligkeit gesprochen?« Und dann zitierte Siu-lan die Worte, die die Freude einer Jungfrau verkündeten: »Meine Seele rühmet den Herrn – « begann sie.

Monsignore Fitzgibbon war entsetzt. »Schweigen Sie«, sagte er scharf. »Wie können Sie es wagen, sich mit der Heiligen Jungfrau zu vergleichen?«

»Aber ich bin doch in derselben Lage«, protestierte Siu-lan.

»Soll das heißen, daß Sie – « stammelte Monsignore.

»Ja«, sagte Siu-lan bescheiden. »Ich bin auch schwanger.«

Ein Stöhnen kam aus Monsignores Herzen, diesem reinen, priesterlichen Herzen. Er stützte den Kopf auf die Hand und schloß die Augen. Das Mädchen war schwanger! Und durch wen – doch nur durch –

Und in diesem, von einem launischen Schicksal gewählten Augenblick betrat Pater O'Banion die Zelle. Nie hatte er huldvoller, nie unschuldiger ausgesehen als jetzt, wo sein Herz von Güte und Reinheit erfüllt und er von dem selbstlosen Willen beseelt war, seinen Kerkermeister Ho-san zu erlösen.

Monsignore Fitzgibbon erhob sich. »*Pater* O'Banion!« rief er mit lauter Stimme.

»Ja, Monsignore?« Der junge Priester war überrascht.

»Sie sind gerade zur richtigen Zeit erschienen«, erklärte Monsignore im selben Ton. »Fürwahr, im passenden Augenblick!«

»Warum ist Siu-lan hier?« erkundigte sich Pater O'Banion.

»Sie ist gekommen, um mir eine schlechte Nachricht zu bringen«, erwiderte Monsignore mit strenger Miene.

»Was ist denn geschehen?« fragte Pater O'Banion sanft.

»Aha!« rief Monsignore. »Sie sind betroffen – Sie haben Angst!«

Bisher hatten sie englisch gesprochen. Nun wandte sich Pater O'Banion auf chinesisch an Siu-lan.

»Was hast du Monsignore erzählt, Siu-lan?«

»Nur, daß ich Glückseligkeit in mir habe, wie die Heilige Jungfrau, und jetzt ist er zornig«, erwiderte Siu-lan.

Pater O'Banion, der viel mit den einfachen Dorfbewohnern zu tun gehabt hatte, war mit dieser Sprache vertraut und wußte sogleich, was Siu-lan meinte. Kinder waren immer willkommen und bedeuteten daher Glückseligkeit.

»Kann es möglich sein!« rief er. »Was willst du jetzt machen?«

Aus seiner Stimme sprachen so viel Mitleid und Kummer, daß Monsignore, der ihn scharf beobachtete, sich wieder zu einer empörten Äußerung veranlaßt fühlte.

»Was *sie* machen will! Ich glaube, Sie überlegen sich am besten, was *Sie* machen wollen, elender Priester!«

So unschuldig war Pater O'Banion, daß er immer noch nicht begriff, was in Monsignores Kopf vor sich ging. Siu-lan dagegen erkannte mit Frauenschläue das Mißverständnis, das zwischen den beiden Priestern herrschte, und kämpfte mit einer mächtigen Versuchung. Während der einsamen Stunden im Pfarrhaus hatte sie über die Fahrt nach Tung An gebrütet. Der getreue Torwächter berichtete ihr nämlich alles, was den Priestern im Gefängnis zustieß. Daher wußte sie auch, daß Pater O'Banion versprochen hatte, das Penizillin für Ho-san zu holen, und war zunächst entrüstet. Warum sollte er dieses Leben retten? Ho-san mochte ruhig sterben. Einen halben Tag lang hatte sie sich geärgert und hin und her überlegt, wie sie Pater O'Banion erreichen und überreden könnte, Ho-san seinem Schicksal zu überlassen. Doch wußte sie im voraus, daß sie machtlos sein würde, so stark war das Gute in diesem jungen Priester. Es blieb ihr nur noch die Hoffnung, ihn als Frau zu reizen, und wenn er dann durch den Kampf gegen die Versuchung geschwächt war, konnte sie ihn vielleicht dazu bewegen, Ho-san sterben zu lassen. So war ihr Plan entstanden, in der Arche Noah mitzufahren.

Ach, sie kannte ihre eigene Schwäche nicht. Sobald sie mit ihm allein war, verwandelte sich ihre

Liebe wieder in eine verzehrende Leidenschaft, die ihren Haß gegen Ho-san in ein Nichts auflöste. Nur die Liebe blieb in ihrem Herzen, und Siu-lan führte den Priester um ihrer selbst willen in Versuchung. Sicherlich, sicherlich, hatte sie sich gesagt, existierte auch der Mann in ihm. Aber sie hatte versagt. Nicht nur versagt, sondern endlich auch verstanden, daß sie immer versagen mußte. Der Mann in ihm existierte, aber der Priester hatte die Gewalt über ihn.

Sie hatte sich dieser Erkenntnis gebeugt und ihre Niederlage vor sich selbst zugegeben. Aber dann zeigte sich ihr die Liebe von einer anderen Seite. Sie war zurückgewiesen worden. Ja, bei all seiner Sanftheit und Höflichkeit ihr gegenüber hatte Pater O'Banion sie zurückgewiesen.

Jetzt, wo sie wieder allein war, liebte sie ihn sogar noch leidenschaftlicher, weil sie zurückgewiesen war, aber nun war ihre Liebe ein wenig mit Haß durchsetzt. Sie hatte das Verlangen, ihn zu verletzen, ihn ebenfalls leiden zu lassen. Sie sehnte sich danach, ihn aus dem ruhigen Himmel, in dem er lebte, herauszuholen und ihn auf die Erde hinabzuzwingen. Sie redete sich ein, daß sie nicht glaube, irgendein Mann – sei er Priester oder nicht – könne so fromm und rein sein wie sich Pater O'Banion den Anschein gab. Vielleicht lag es auch einfach nur daran, daß sie zu gewöhnlich für ihn war, daß sie nicht aus seinem Lande stammte. Vielleicht mochte er keine Frauen mit schwarzem Haar und schwarzen Augen – alles Gründe, um sie nicht zu lieben, und keiner davon hatte etwas mit Frömmigkeit und Reinheit zu tun. Ja, sie haßte ihn – sie haßte ihn – sie haßte ihn!

Von maßloser Wut getrieben, hatte sie dann den Plan ersonnen, ihn durch die eine Person, die er fürchtete – Monsignore Fitzgibbon –, zu verwunden. Sie wußte, wie sehr der kleine Mann gutes Essen schätzte, und hatte daher heute morgen die Hälfte ihres kleinen Schatzes genommen und den Torwächter dazu überredet, Fleisch und frisches Gemüse zu kaufen. Sobald sie das Essen gekocht hatte, war sie damit zum Gefängnis gegangen, wo sie noch eine kostbare Münze geopfert hatte, um den Posten zu bestechen, damit er sie in die Zelle ließ. Nun war sie hier, und der langersehnte Augenblick war gekommen. Pater O'Banion war in ihrer Gewalt. Aber sie haßte sich selbst auch, denn beim Anblick seiner hohen jungen Gestalt, seines ehrlichen Gesichts wurde sie von neuem von ihrer Liebe überwältigt, und sie haßte ihn mehr denn je. Sie hatte das Bedürfnis, ihn heftig, grausam zu verletzen; sie wollte ihn vernichten, ihn um jeden Preis besitzen. Wenn sie Monsignore im Glauben ließ, daß sein Verdacht begründet sei, würde dann nicht dieser große junge Mann, den sie liebte, obwohl er ein Ausländer war, gezwungen werden, sein Priesteramt niederzulegen und wieder ein Mann zu werden, bereit, sie zu heiraten? Würde nicht Monsignore selbst sogar darauf bestehen, daß die Heirat stattfände? Solche und ähnliche Gedanken brausten ihr durch den Kopf, während sie schweigend dastand und auf ihre Hände sah.

»Trotz aller meiner Warnungen«, sagte Monsignore streng, während er Pater O'Banion wütend anstarrte, »trotz Ihres eigenen Gewissens haben Sie diese schreckliche Sünde begangen und damit Ihr Keuschheitsgelübde gebrochen.«

»Hören Sie auf!« rief Pater O'Banion. Von Entsetzen ergriffen, blickte er seinem Vorgesetzten in die Augen. »Denken Sie etwa – « stammelte er, »können Sie wirklich glauben, daß – daß – «

»Was bleibt mir anders übrig?« entgegnete Monsignore.

»Ich versichere Ihnen«, sagte Pater O'Banion in großer Erregung, »ich versichere Ihnen wirklich – ich – ich bin in tiefster Seele schockiert – ich bin überrascht – «

»Warum sollten Sie überrascht sein?« fragte Monsignore mit äußerster Strenge in Stimme und Blick. »Sie wissen doch, was passiert, wenn man sich mit einer Frau abgibt! Wie oft hat man Sie gewarnt, als Sie für Ihren heiligen Beruf vorbereitet wurden!«

Pater O'Banion hörte sich die Anschuldigung in tiefster Bestürzung an. Er fand es schwierig, seine Gedanken zu sammeln. Er war ein einfacher Mann, der mehr auf Taten eingestellt war. Er fühlte sich oft bekümmert, weil ihm das Meditieren so wenig lag. Selbst seine Gebete waren kurz. Er bewunderte Monsignore aus tiefster Seele wegen seiner langen Gebete, die ihm so leicht und fließend von der Zunge rollten, und er hatte die höchste Achtung vor Monsignore, wenn dieser, in Meditationen versunken, über seinen Büchern saß oder vor dem Altar oder in der Sakristei auf den Knien lag. Seine eigenen knochigen Knie schmerzten schon, wenn er wenige Minuten gekniet hatte – ein Zustand, der eines Priesters ganz und gar nicht würdig war.

Nun trat die Versuchung auch an ihn heran. Bisher hatte er noch mit niemandem darüber gesprochen, was er, ein Gefangener in seiner eigenen priesterlichen Zelle, hatte mitansehen müssen, als Hosan ihn an einen Stuhl fesseln ließ, um Folterqualen auszustehen, die weitaus schlimmer waren als alle anderen, die er unter den Händen der Soldaten erduldet hatte. Er hatte niemandem davon erzählt, weil er es nicht über sich bringen konnte, diese Qualen in Worten wiederzugeben. Nun hatte er das Gefühl, daß auch dies Sünde war. Denn wenn er die Frau nicht geliebt hätte, würde er da nicht Monsignore von diesem Vorkommnis berichtet haben? Das war seine Sünde, und seine Strafe war die Gefahr, in der er schwebte, weil Monsignore ihn für schuldig hielt. Wiederum mußte er die Wahl zwischen Mann und Priester treffen. Wiederum mußte diese Wahl ihm das Herz brechen. Oh, wie tief die Liebe zur Frau doch im Herzen des Mannes verwurzelt war! Und ein Mann war er, solange er diese Wurzeln nicht ausriß. Aber ein Mann durfte und wollte er nicht sein, Gott helfe ihm.

Er wandte sich an Siu-lan, und ohne daß er es wußte oder beabsichtigte, klang seine Stimme barsch und gebrochen. »Ich kann dich nicht länger in Schutz nehmen . . . ich muß die Wahrheit sagen, um mich zu verteidigen . . . nein, nicht nur mich selbst, sondern auch meinen – meinen heiligen Beruf.«

Dann wandte er sich an Monsignore Fitzgibbon. »Der Vater dieses ungeborenen Kindes ist Ho-san.« Und er beschrieb mit stockenden Pulsen in wenigen bitteren Sätzen die Szene, die sich vor zwei Monaten in seinem Schlafzimmer abgespielt hatte.

Während er sprach, schluchzte Siu-lan leise vor sich hin. Der Zorn starb in ihr, und die Leidenschaft legte sich. Nur die Liebe blieb noch, eine traurige, einsame Liebe, eine tragische Gewißheit. Wieder einmal hatte sie nicht den Sieg davongetragen. Es konnte ihr niemals gelingen. Er hatte bei diesem Angriff nicht nachgegeben. Er würde niemals nachgeben.

Seine Worte klangen überzeugend. Man mußte ihm Glauben schenken. Monsignore blickte fest in das schlichte Gesicht, in die ehrlichen blauen Augen; er hörte die bebende Stimme und glaubte. Er hob seine Hand.

»Genug! Ich will nichts mehr hören. Dieser Ho-san ist der personifizierte Satan ... ich werde mit ihm reden. Ich werde ihm sagen, daß er dieses Mädchen heiraten muß, um seine eigene Seele zu retten.«

Bei diesen Worten hörte Siu-lan plötzlich auf zu schluchzen. Sie trocknete ihre Tränen und trat um ihrer selbst willen in Aktion. Nein – nein – wenn sie schon nicht den Mann haben konnte, den sie liebte, dann wollte sie wenigstens nicht dem Manne ausgehändigt werden, den sie haßte.

»Ich?« kreischte sie. »Ich soll Ho-san heiraten?

Niemals – niemals! Warum soll ich Ho-sans Seele retten? Wer kümmert sich darum, ob seine Seele gerettet ist oder nicht. Laßt sie in der Hölle schmoren! Ihr redet ja immer von der Hölle, ihr fremden Priester – «

Sie brach in lautes Schluchzen aus und stürzte aus der Zelle. Die beiden Priester sahen sich an.

»Es ist eine Wahl zwischen zwei Übeln, Sir«, sagte Pater O'Banion. »Können Sie mir sagen, ob es schlimmer ist, ein Kind unehelich zur Welt kommen zu lassen oder eine Frau zu zwingen, einen Roten Teufel zu heiraten? Ich weiß es nicht. Vorausgesetzt natürlich, daß Ho-san wirklich ein Teufel ist.«

»Natürlich ist er ein Teufel«, erklärte Monsignore mit fester Stimme. »Er benimmt sich wie ein Teufel und spricht wie ein Teufel.«

»Bitte, reden Sie nicht so, Monsignore«, bat Pater O'Banion. »Als Priester müssen Sie daran denken, daß in jeder Seele ein guter Kern steckt, selbst in Ho-sans Seele, so sehr sie auch auf Abwege geraten ist.«

»Dennoch werde ich ihm sagen, was ich von ihm halte«, erklärte Monsignore.

»Und ich«, sagte Pater O'Banion, »ich werde mit Siu-lan reden. Wenn eine Heirat zwischen den beiden stattfinden soll, muß es auch ihr Wunsch sein.«

Die beiden Priester unterhielten sich ganz geschäftsmäßig und waren ja eigentlich auch bei ihrem Geschäft: der Rettung menschlicher Seelen. Aber als Pater O'Banion zum Schluß von Siu-lan sprach, gedachte Monsignore seiner eigenen Pflicht seinem

Kollegen gegenüber. Er reckte sich zu seiner vollen Größe, die in diesem Augenblick dreißig Zentimeter höher erschien, als sie in Wirklichkeit war.

»Lassen Sie sich diese tragische Geschichte eine Lehre fürs ganze Leben sein, O'Banion«, sagte er streng. »Hätten Sie in erster Linie jeden Umgang mit dieser Frau vermieden und sich nur als Priester mit ihr befaßt, so wäre all dies nicht passiert. Sie wäre Ihnen niemals hierher gefolgt, wenn sie nicht die Hoffnung gehabt hätte, den Mann in Ihnen zu betören. Sie witterte die Sünde in Ihnen, O'Banion, denn die Nase einer Frau ist schärfer als die eines Spürhundes, wo es um die Natur des Mannes geht. All das ist daher auf Ihre Erbsünde zurückzuführen, und ich habe Ihnen noch nicht Absolution erteilt, O'Banion. Auch ist mir noch keine Buße eingefallen, die schwer genug ist. Aber das wird noch kommen!«

»Ja, Monsignore«, sagte Pater O'Banion traurig und demütig.

Monsignore war plötzlich von all diesen Anstrengungen erschöpft und setzte sich hin. Seufzend wischte er sich mit dem Ärmel seiner abgetragenen Soutane über das Gesicht.

»Da Sie und Ho-san ja nun so gute Freunde sind«, fuhr er mit seiner üblichen mürrischen Stimme fort, »und Sie anscheinend nach Belieben bei ihm ein und aus gehen können, treffen Sie bitte die nötigen Anordnungen, daß wir ihn sofort aufsuchen können – eine elende Aufgabe, aber ich muß mich ihrer entledigen.«

»Ja, Monsignore«, antwortete Pater O'Banion immer noch demütig. »Allerdings könnten Sie auch einfach aus Ihrer Zelle marschieren. Die Tür ist nicht abgeschlossen – man scheint uns vergessen zu haben, wahrscheinlich weil wir kein Geld haben, um sie zu bestechen.«

»Ich verlasse diese Zelle nicht ohne weiteres«, entgegnete Monsignore majestätisch. »Ich bin ein Gefangener und werde mich wie ein Gefangener benehmen, bis man mich in allen Ehren entläßt. Ich kenne meine Pflicht Gott und den Menschen gegenüber. Gebet dem Kaiser... Nun hinaus mit Ihnen –«

»Ja, lieber Monsignore.«

Und Pater O'Banion ging davon, ein Lächeln auf den Lippen, im Herzen ein liebevolles Gefühl für seinen Vorgesetzten, den eigensinnigen kleinen Priester.

HO-SAN SCHLIEF, als Monsignore sein Zimmer betrat. Er erholte sich rasch, seitdem die gute Medizin sein Blut von den Ansteckungsstoffen befreit hatte. In wenigen Tagen würde er zweifellos wieder aufstehen können. An diesem Morgen hatte er drei Schalen heißer Reissuppe und vier gekochte und gesalzene Enteneier gegessen. Daraufhin war er in einen tiefen Schlaf gesunken, aus dem er jetzt durch den Klang seines Namens geweckt wurde.

»Ho-san!«

Er fuhr heftig zusammen und schlug die Augen

auf. Sein Blick fiel auf Monsignore, der neben seinem Bett stand.

»Wie sind Sie ohne Posten aus Ihrer Zelle gekommen?« fragte Ho-san.

»Die Schlösser sind alle zerbrochen«, erwiderte Monsignore. »Nichts wird repariert, wie du sehr wohl weißt. Aber ich habe mich trotzdem an die Gefängnisvorschriften gehalten.«

»Aber ich habe doch ausdrücklich angeordnet, daß Sie jederzeit unter Bewachung sein sollten.« Ho-san war noch ganz schlaftrunken und versuchte sich aufzurichten.

»Niemand befolgt Anordnungen«, sagte Monsignore. »Außerdem brauche ich keine Bewachung. Ich kenne die Vorschriften und richte mich danach, bis ich in aller Form aus diesem lächerlichen Gefängnis entlassen werde. Überall herrscht Verdorbenheit. . . Aber ich bin gekommen, um von deiner eigenen Verdorbenheit zu sprechen.«

Er zog sich einen Bambusschemel herbei und setzte sich neben das Bett. »Ho-san, ich komme als dein Priester.«

Ho-san lachte. »Ich habe keinen Priester und brauche auch keinen.«

»Gott hat dich aufs Krankenlager geworfen, damit ich dir ins Gewissen reden kann«, erklärte Monsignore mit fester Stimme.

»Ich stehe jetzt auf«, entgegnete Ho-san.

Er wollte sich aufrichten, wurde aber von einer überwältigenden Schwäche befallen und sank wieder aufs Bett.

»Siehst du, es geht noch nicht«, rief Monsignore triumphierend. »Deshalb mußt du mir zuhören. Ho-san, du warst mein Schüler. Du warst mein geistlicher Sohn.«

»Ich brauche keinen geistlichen Vater«, erwiderte Ho-san mürrisch.

»Dennoch bin ich hier«, beharrte Monsignore.

»Ich werde Sie hinauswerfen lassen«, erklärte Ho-san.

Bis jetzt hatte sich Monsignore Fitzgibbon bewundernswert in der Gewalt gehabt. Obwohl er innerlich kochte, hatte er eine äußere Ruhe bewahrt und seine Stimme gemäßigt. Plötzlich aber verlor er diese Selbstbeherrschung. Er war ein Ire, zwar gottesfürchtig und ein Priester, aber immerhin irisch. Und jetzt sprudelten hitzige Worte aus ihm heraus wie Lava aus einem Vulkan.

»Du Satansbraten!« donnerte er. »Du Schurke! Du niedriger, schmutziger, gemeiner Kerl! Du weißt, was du getan hast! Du – du – du hast eine Frau vergewaltigt!«

Ho-san hörte sich dies mit weitaufgerissenen Augen an und sank dann mit schallendem Gelächter in die Kissen zurück. »Sind Sie etwa eifersüchtig? Wären Sie gern an meiner Stelle gewesen?«

»Dabei habe ich dich unterwiesen«, rief Monsignore. »Du hattest die Seele eines Priesters, und ich kann es einfach nicht glauben, daß dieses alles wie weggeschwemmt sein soll, so daß du nicht einmal mehr weißt, was Sünde ist!«

»Sünde!« höhnte Ho-san. »Es gibt keine Sünde.

Sie existiert nur in der Phantasie eines Priesters. Oh, ihr liebt die Sünde, ihr Priester! Sie verschafft euch euren Lebensunterhalt.«

In diesem Augenblick vernahmen sie ein Klopfen an der Tür, und es kam ihnen zu Bewußtsein, daß es schon länger geklopft hatte, während sie miteinander stritten. Monsignore erhob sich und öffnete die Tür. Eine Ordonnanz stand davor. Der Mann trat ein und salutierte.

»Befehlshaber, Ihre ehrenwerten Eltern sind aus dem Dorf Ihrer Vorfahren gekommen, da sie gehört haben, daß Sie krank sind. Sie haben einen Korb mit frischen Eiern und selbstbereiteter Hühnerbrühe mitgebracht, damit Sie wieder zu Kräften kommen.«

Ho-san entließ den Mann mit einer Handbewegung. »Schicken Sie sie fort«, befahl er. »Ich habe keine Eltern mehr. Als ich ein Diener des Staates wurde, habe ich mich von ihnen losgesagt. Das wissen sie auch. Warum belästigen sie mich jetzt? Bestellen Sie ihnen, sie möchten niemals wiederkommen.«

Die Ordonnanz zögerte.

»Haben Sie mich verstanden?« schrie Ho-san und blickte den Mann scharf an. Er zog seine schwarzen Augenbrauen zusammen, so daß er wieder wie ein Tiger aussah. Er fühlte sich besser – bedeutend besser. Überdies wünschte er Eindruck auf Monsignore zu machen.

»Zu Befehl, Herr Oberst«, flüsterte die Ordonnanz, grüßte, machte kehrt und marschierte aus dem Zimmer.

Monsignore kehrte ans Bett zurück. Die Wut hatte

ihn verlassen, und an ihre Stelle war eine tiefe Traurigkeit getreten. Er nahm Platz und sprach zu dem Offizier wie zu einem kleinen Jungen.

»Ist es möglich, Ho-san? Ehrst du auch deine Eltern nicht mehr? Erinnerst du dich nicht an das fünfte Gebot? Hast du wirklich ganz vergessen, daß du dich einst für das heilige Priesteramt vorbereitet hast?«

Ho-san richtete einen bitteren Blick auf den alten Priester. »Das hat Joseph Stalin auch getan«, sagte er und kehrte das Gesicht zur Wand.

»Wie kann ich Ho-san heiraten, wenn nur Sie in meinem Herzen leben?«

Dies war die Frage, die Siu-lan jetzt an Pater O'Banion richtete. Er hatte sie in seiner Zelle vorgefunden, wo sie auf dem schmalen Feldbett saß, während der Posten sie neugierig von der Tür her anstarrte. Nach seinem Eintritt hatte er die Tür zugemacht und sich neben ihr niedergelassen, aber in geziemender Entfernung. Dann hatte er sie sofort ersucht, Ho-san, den Vater ihres Kindes, zu heiraten. Sie hatte ihm schweigend zugehört. Dann aber stellte sie ihm diese bittere Frage, und er versuchte, sie zu beantworten.

»Du liebst mich nicht – « begann er.

Sie fiel ihm ins Wort. »Doch, doch – obgleich ich weiß, daß es hoffnungslos ist. Aber ich liebe Sie wirklich.«

Sie sprach diese Worte schlicht und aufrichtig, ohne ihre Verführungskünste spielen zu lassen, und im Augenblick war ihr Gesicht nicht einmal hübsch. Man merkte ihr an, daß sie müde und unglücklich war. Sie sah bleich aus, mit zerzaustem Haar und mit vom Weinen geschwollenen Augenlidern.

Pater O'Banion begann von neuem. Er fühlte sich rein und stark und standhaft. Doch gleichzeitig spürte er ein tiefes Mitleid mit Siu-lan und hatte Verständnis für das, was in ihrem Herzen vorging. Während seiner ersten Jahre im Kloster zu Dublin hatte er gehört, wie ein alter, weiser Priester im Laufe des Unterrichts Ratschläge für die Behandlung menschlicher Liebe erteilte.

»Sogar diese Empfindung, die man Liebe nennt«, hatte er den gespannt lauschenden jungen Priestern gesagt, »läßt sich zum Nutzen Gottes verwenden. Die Liebe erweckt das Herz einer Frau; sie schärft die Sinne und macht die Seele zart und aufnahmebereit. Leiten Sie sie daher sanft in die richtige Bahn. Treten Sie selbst in den Hintergrund. Deuten Sie auf unseren Heiland, verweilen Sie bei seiner Schönheit und Anmut, die unter einfachen Männern nicht ihresgleichen finden. Führen Sie sie von der kleineren Liebe zur größeren, von der niedrigeren zur höheren. Das ist die Pflicht eines Priesters.«

Pater O'Banion erinnerte sich an diese hervorragenden Worte. Aber wie sollte er sie auf Siu-lan anwenden? Er seufzte tief. Wußte der alte Priester denn nicht, wie eigensinnig eine verliebte Frau sein konnte?

Er versuchte es noch einmal.

»Was du in mir siehst, das ist nicht meine Person. Ich bin nicht derjenige, den du zu lieben glaubst; es ist der, den ich auf Erden vertrete – nämlich Gott. Du hast nirgends richtige Liebe erfahren – nur Grausamkeit, Selbstsucht und Gewalt. Und weil ich keine dieser Eigenschaften besitze, da ich ein Priester bin und Gott mir zur Seite steht, fühlst du dich zu mir hingezogen. Aber ich wäre vielleicht auch grausam, selbstsüchtig und gewalttätig, wenn ich kein Priester geworden wäre. Als Mann bin ich nicht besser als andere Männer. An Ho-sans Stelle hätte ich mich vielleicht noch schlimmer benommen. Ich habe erkannt, daß er im Grunde nicht so schlecht ist, wie er sich den Anschein zu geben versucht. Ich spüre, daß etwas Gutes in ihm steckt, das sich durchringen möchte. Warum ist er sonst so bitter und so zornig? Er kämpft mit sich selbst. Ich glaube, wenn du seine Frau wärest, Siu-lan, würde das Gute in ihm die Oberhand gewinnen. Du sehnst dich nach Liebe. Vielleicht sehnt er sich auch danach.«

Sie wollte aber von alledem nichts wissen und begann wieder zu weinen – tiefe, herzzerreißende Schluchzer schüttelten sie.

»Was kümmert es mich, wie er ist?« schluchzte sie. »Ich kann nur an Sie denken. Was Sie auch sein mögen, für mich sind Sie – alles.«

Sie blickte mit tränennassen Augen zu ihm auf, als ihr diese Worte aus dem Grunde ihres Herzens auf die Zunge kamen.

Da stand er auf. »Siu-lan!« Er sprach ihren Namen mit fester Stimme. »Wenn du noch einmal zu mir von Liebe sprichst, wirst du mich nicht mehr zu sehen bekommen, nicht einmal als deinen Priester. Du mußt dich jetzt entscheiden. Ich bin dein Priester – oder nichts.«

Sie wußte, daß er die Wahrheit sprach. Der Mann in ihm hatte sich von ihr zurückgezogen; nur der Priester war geblieben. Und nur als Priester durfte sie an ihn denken, und auf den Priester mußte sie hören.

Sie war sich bewußt, daß er sie nur trösten wollte, aber sie fühlte sich nicht getröstet, sondern spürte nur eine grenzenlose Einsamkeit. Sie hatte nun niemanden mehr als sich selbst – sich selbst und das ungeborene Kind. Und das Kind? Das Kind besaß niemanden außer ihr. In diesem Augenblick, als sie sich ihrer Mutterschaft bewußt wurde, reifte Siu-lan plötzlich zur Frau. Ihre Heiterkeit, ihr unbändiges, spielerisches Wesen wurden gedämpft durch die erwachende Erkenntnis ihres Frauentums. Sie blickte Pater O'Banion aus einem neuen Wissen heraus an, ruhig, abschätzend und ohne Erregung.

»Überlege es dir mit Ho-san«, sagte er gerade. »Er ist jung und hübsch und stark. Wenn er auf Abwege geraten ist, so kann ihn die Macht der Liebe wieder auf den rechten Weg bringen. Niemand vermag sich der Macht der Liebe zu entziehen.«

Sie flocht die Hände ineinander und biß sich auf die Lippen. Dann zwang sie sich zu einer Antwort.

»Ich will es versuchen«, versprach sie. »Bestimmt, ich will es versuchen – geistlicher Vater!«

»Dann wird es dir auch gelingen«, sagte Pater O'Banion sanft und legte ihr segnend die Hand auf den gesenkten Kopf.

DIE TAGE VERGINGEN. Auf den Winter folgte der Frühling, und jetzt hatte der Sommer seinen Höhepunkt erreicht. Die beiden Priester lebten wieder im Pfarrhaus, allerdings unter Bewachung. Immer wieder wurden sie zu einem Verhör ins Hauptquartier beordert. Ho-san war wieder auf den Beinen und grausamer denn je.

»Ich kann nicht verstehen, warum er noch grausamer geworden ist«, seufzte Monsignore. Er war in diesen Monaten der Drangsalierung sehr gealtert, aber sein früheres Temperament kam immer noch hin und wieder zum Durchbruch.

Sie lebten in Furcht. Auch heute, an diesem heißen, windstillen Tag, an dem die Sonne aus einem Himmel niederprallte, dem die Hitze jede Farbe entzogen hatte, erwarteten sie eine Aufforderung, die jeden Augenblick kommen mochte.

»Dieser Leutnant Chung macht Ho-san schlimmer, als er ist«, erwiderte Pater O'Banion. »Chung hatte gehofft, daß Ho-san sterben würde, damit er an seine Stelle treten könnte. Nun, da Ho-san sich erholt hat, ist Chung wieder der Untergebene und versucht ständig, Ho-san in ein falsches Licht zu setzen.«

»Sie sind darauf bedacht, diesen abtrünnigen

Ho-san unbedingt in Schutz zu nehmen«, knurrte Monsignore. »Man könnte fast meinen, daß Sie selbst ein Roter wären.« Er nahm einen Palmfächer und fächelte sich eifrig frische Luft zu.

Ehe Pater O'Banion antworten konnte, erschien eine ältere Chinesin in blauer Jacke und Hose, der unvermeidlichen Tracht der Dorfbewohner, hustend an der Tür und trat ins Zimmer.

»Entschuldigen Sie bitte, Ehrwürden«, sagte sie.

Es war Siu-lans Mutter, die vor einiger Zeit gekommen war, um ihrer Tochter bei der Geburt des Kindes beizustehen. Einen Monat lang hatten die Priester Siu-lan nicht mehr gesehen. Monsignore hatte ihr gestattet, in einem der Häuser an der Ostseite des Gehöfts zu wohnen, und dort lebte sie mit ihrer Mutter, die den Haushalt besorgte und für die Priester kochte. Außerhalb der Mauern durfte sich niemand sehen lassen.

»Nun?« fragte Monsignore, als die Frau beharrlich schwieg.

»Meine Tochter hat einen Sohn«, erwiderte sie lächelnd.

»Wann ist das Kind geboren?« erkundigte sich Monsignore.

»Vor acht Tagen«, entgegnete die Frau. »Aber es ist bei uns nicht Sitte, die Geburt vor dem achten Tage zu verkünden.«

Sie trug etwas in der Hand, das in ein rotes Taschentuch geknüpft war. Sie löste die Knoten, und es kamen vier hellrot gefärbte Eier zum Vorschein.

»Dies ist ein Geschenk für Sie«, erklärte sie. »Zur

Geburt eines männlichen Kindes. Eier sind jetzt rar und teuer, wo all die vielen Soldaten in der Gegend sind.«

Pater O'Banion nahm die Eier entgegen. »Wir gratulieren Ihnen und wünschen Ihnen Reichtum und Glück«, sagte er. »Gestatten Sie, daß ich Ihnen ein Geschenk für das Kind überreiche«, setzte er hinzu.

Schon vor längerer Zeit hatte er diese Gabe vorbereitet, indem er von ihrem versteckten mageren Geldvorrat zwei Silberdollar nahm und sie in rotes Papier wickelte. Diese zog er nun aus der Tasche und überreichte sie der Frau.

Sie lächelte. »Wie sehr sich die fremden Priester doch an die Gebräuche halten«, meinte sie. »Ich werde sie meiner Tochter geben, und sie wird Ihnen danken.«

Sie nahm die Münzen, und dann flüsterte sie Pater O'Banion zu: »Sie bittet Sie, herzukommen und sich das Kind anzusehen.«

Pater O'Banion wandte sich an Monsignore. »Habe ich Ihre Erlaubnis, Monsignore?«

Monsignore antwortete sofort, um sein volles Vertrauen zu diesem jetzt so treuen Diener zu bekunden. »Gewiß«, sagte er, während er ein Ei schälte. »Warum nicht? Das Kind muß getauft werden.«

Im Besitz dieser Erlaubnis folgte Pater O'Banion Siu-lans Mutter durch den Garten und betrat den kleinen Raum, in dem Siu-lan mit ihrem Kinde saß.

In Erwartung seines Besuches hatte sie sich hübsch angezogen und hielt das Kind in den Armen. Der Knabe war mit einer roten Jacke und Hose bekleidet, und Siu-lan hatte sein weiches schwarzes Haar oben auf dem Kopf zusammengebürstet und mit einem roten Wollfaden zusammengebunden. Sie blickte stolz und zufrieden drein. Schließlich war das Kind beinahe gänzlich ihr eigenes Werk. Auch sie war eine gebenedeite Jungfrau, und ihr Kind besaß auch keinen Vater auf Erden.

Pater O'Banion kam in freudiger Erwartung auf Zehenspitzen herein, denn er liebte Kinder. Fast ehrerbietig blickte er in das kleine, runde Gesicht hinab.

»Er ist schön«, flüsterte er. »So gesund und munter. Sind alle Babys so?«

»Keineswegs«, erwiderte Siu-lan, »und ich wollte, daß Sie ihn sehen, denn Sie sind sein geistlicher Vater. Er ist sehr ungewöhnlich. Meine Mutter sagt, er sieht aus wie ein drei Monate altes Kind.«

»Das stimmt auch«, versicherte die Mutter, die ebenfalls voller Bewunderung dabeistand.

Siu-lan blickte Pater O'Banion mit einem scheuen Lächeln an. »Das haben wir Ihnen zu verdanken. Sie haben mir dauernd Ihre Rationen geschickt. Ich weiß, daß Sie meinetwegen gehungert haben.«

Doch Pater O'Banion wollte nichts davon hören. »Seine Augen«, sagte er, »so groß und klar – ein gutes Erbe, und nicht nur von dir –«

Hier wurde er von einem Posten unterbrochen, der ihn grob am Arm packte.

Siu-lan sprang voller Unruhe auf und reichte ihrer Mutter das Kind. Dann stellte sie sich vor den Posten.

»Wie können Sie es wagen, mein Haus zu betreten?« rief sie. »Sie benehmen sich wie ein Bandit!«

Der Posten brach in ein rohes Gelächter aus. Er faßte den Säugling unter dem Kinn und starrte in das kleine Gesicht. »Diese Augen habe ich bereits im Gesicht eines Mannes gesehen«, erklärte er. Dann wandte er sich in barschem Ton an Pater O'Banion: »Kommen Sie mit, Priester. Der Befehlshaber befiehlt Ihnen, sofort im Hauptquartier zu erscheinen.«

»Ich muß jetzt gehen«, sagte Pater O'Banion zu Siu-lan. »Später komme ich wieder, um das Kind zu taufen.«

»Sie, die immer nur an andere denken«, murmelte Siu-lan unglücklich. Doch Pater O'Banion war schon davongeeilt, angetrieben von dem Bajonett im Rücken.

HO-SAN WARTETE mit grimmiger Miene hinter dem viereckigen Tisch. Links von ihm saß sein Leutnant Chung Ren, vor ihnen beiden Pater O'Banion auf einer Holzbank. Die Ellbogen waren ihm mit einem Strick auf dem Rücken zusammengebunden, und sein Gesicht war in Schweiß gebadet. Hinter ihm standen zwei Soldaten mit gezückten Bajonetten. Seit vielen Wochen hatte man ihn nicht mehr gefesselt, aber sobald er heute das Hauptquartier betrat, sah er, daß Ho-san sich in gereizter und feindseliger Stimmung befand und machte sich auf Folterung gefaßt, dankbar, daß er allein war und Monsignore nichts davon wußte.

»Bekennen Sie«, schnauzte Ho-san ihn an. »Bekennen Sie, daß Sie ein Spion sind!«

Es war die alte Beschuldigung, alt, abgedroschen und falsch.

»Zehntausendmal haben Sie mir befohlen, dieses Geständnis abzulegen«, erwiderte Pater O'Banion seelenruhig, »und zehntausendmal habe ich Ihnen erklärt, daß ich mich nicht zu einer Unwahrheit bekennen will. Ich bin kein Spion und war nie einer.«

Ho-san hob eine Teekanne vom Tisch, trank aus der Tülle und setzte sie wieder hin.

»Stechen Sie den Priester mit Ihren Bajonetten«, befahl er den Soldaten.

Die Soldaten stießen ihre Bajonette in Pater O'Banions Soutane. Er machte sich auf Schmerz gefaßt, und zu seinem Erstaunen fühlte er keinen. Sie hatten so sanft zugestochen, daß die Bajonette seine Haut nicht berührten. Er war überrascht und dankbar. Aber die Strickfolter war unerträglich. Er wagte nicht, sich zu rühren, damit der Strick sich nicht am Halse zuzog und ihn erstickte. Dabei hatte er ein heftiges Verlangen, sich zu bewegen, wenn auch nur ein ganz klein wenig.

Ho-san räusperte sich und sprach dann mit unerwarteter Milde. »Gestehen Sie, daß Sie ein Spion sind«, drängte er. »Wir haben Beweise dafür, daß

Sie amerikanische Priester alle für Ihre eigene Regierung arbeiten. Das wird sogar von Ihnen erwartet. Wenn Sie kein Geständnis ablegen, zwingen Sie mich, Sie zu foltern, und zwar gegen meinen Willen. Aber ich habe keine andere Wahl. Es ist einfach meine Pflicht.«

»Ich bin kein Spion«, sagte Pater O'Banion erschöpft. »Warum zwingen Sie mich zu lügen? Nur damit Sie Ihre Pflicht tun können?«

Ho-san stieß einen lauten Seufzer aus. »Ziehen Sie die Stricke fester«, befahl er.

Die Soldaten traten vor, um diesen Befehl auszuführen.

»Dieser Priester sollte eigentlich auch geschlagen werden«, erklärte Leutnant Chung.

»Lassen Sie uns zunächst mal sehen, was wir mit den Stricken erreichen können«, schlug Ho-san vor.

»Sie sind immer zu weichherzig«, beschwerte sich Chung.

»Ich werde ihn prügeln lassen, wenn er nicht bekennt«, versprach ihm Ho-san.

Während die Stricke fester angezogen wurden, vertiefte sich Ho-san zum Schein in die vor ihm liegenden Papiere.

Pater O'Banion keuchte. Der Druck auf seine Kehle schnitt ihm den Atem ab. Er war einer Ohnmacht nahe. Funken tanzten ihm vor den Augen, und die Augäpfel schienen ihm aus dem Kopf zu treten. Alles im Zimmer drehte sich.

Ho-san beobachtete ihn jetzt. »Warum legen Sie eine solche Schwäche an den Tag?«

»Ich – ich habe – seit gestern – nichts mehr zu essen gehabt«, flüsterte Pater O'Banion.

»Sie haben die Ihnen zustehenden Rationen erhalten«, sagte Ho-san in strengem Ton.

»Ich habe sie mit – mit unserer Dienerin geteilt«, erwiderte Pater O'Banion. »Sie hat ein Kind – sie braucht – «

Sein Kopf fiel auf die Seite. Ho-san sprang auf. »Ich bin für diesen Mann verantwortlich. Chung, besorgen Sie etwas zu essen. Sobald er etwas im Magen hat, wird er die Kraft zum Reden haben. Ich garantiere, daß ich ein Geständnis von ihm bekommen werde. Binden Sie ihn los!«

Die Soldaten eilten herbei, um Pater O'Banion loszubinden, während Chung unwillig davonging, um Ho-sans Befehl auszuführen. In weniger als drei Minuten war Pater O'Banion frei. Aber er konnte sich nicht rühren. Er litt unter der Blutstokkung und hatte große Schmerzen. Doch Ho-san ließ ihm keine Ruhe.

»Stehen Sie auf und gehen Sie umher«, befahl er. »Bewegen Sie Ihre Arme und reiben Sie sich die Hände.« Seine Stimme wurde leiser. »Was ist mit diesem Kind?«

Pater O'Banion blickte zweifelnd auf die beiden Soldaten und sagte auf englisch: »Ist es ratsam, vor diesen beiden darüber zu sprechen?«

»Wir wollen englisch reden«, schlug Ho-san vor.

»Aber wenn sie es verstehen?«

»Es sind Dummköpfe«, sagte Ho-san verächtlich. »Sie können uns nicht verstehen. Nun also –

dieses Kind!« Er fummelte wieder mit den Papieren. »Ohne jeden Zweifel stammt es von Ihnen.«

»Wie können Sie so etwas behaupten?« rief Pater O'Banion empört.

»Warum sollten Sie für ein Kind hungern, das nicht das Ihre ist?« fragte Ho-san listig.

Pater O'Banion blickte ihm lange und tief in die Augen. »Sie wissen ganz genau, daß es nicht mein Kind ist.«

»Aber das Mädchen ist mit Ihnen im Auto gefahren«, wandte Ho-san ein.

»Sie war bereits schwanger«, erklärte Pater O'Banion.

»Dann ist das Mädchen also verheiratet?« erkundigte sich Ho-san.

»Nein«, erwiderte Pater O'Banion schroff.

Ihre Blicke begegneten sich jetzt, aber Ho-san schlug die Augen nieder vor dem geraden, offenen Blick des Priesters.

»Dennoch mögen Sie das Mädchen gern«, beharrte Ho-san.

»Sie ist die Tochter einer Konvertitin«, erwiderte Pater O'Banion. »Ich habe sie nicht gern in dem Sinn, wie Sie es meinen. Ich bekümmere mich nur um ihre Seele.«

»Aber sie hat doch mit Ihnen diese Autofahrt gemacht«, wiederholte Ho-san.

»Nicht auf meinen Wunsch«, erklärte Pater O'Banion. »Sie hatte sich im Wagen versteckt. Ich wußte nichts davon, bis ich ein gutes Stück des Weges zurückgelegt hatte. Es war mir nicht möglich umzukehren. Auch konnte ich sie nicht allein zurückschicken. Ich mußte sie notgedrungen mitnehmen.«

»Sie mögen trotzdem das sechste Gebot übertreten haben«, meinte Ho-san mit einem höhnischen Lächeln. »Es war eine gute Gelegenheit. Haben Sie sie nicht beim Schopf ergriffen? Sagen Sie es mir doch! Bekennen Sie endlich etwas!«

Pater O'Banion lachte plötzlich. »Gehen Sie hin und sehen Sie sich das Kind an«, schlug er vor. »Der Junge hat Ihr Gesicht, Ihre Augen. Fragen Sie sich selbst, wer der Vater ist.«

»Ist es ein Junge?« fragte Ho-san erstaunt.

»Ein sehr schöner Junge«, erwiderte Pater O'Banion. »Genau wie sein Vater! Aber ich kann in jedem Gerichtshof als Zeuge auftreten, falls Sie die Sache abstreiten wollen.«

Ho-san bekam jetzt plötzlich einen längeren Hustenanfall. Er hob die Teekanne an seine Lippen und nahm einen tiefen Schluck, wobei sich die Blicke der beiden über dem Deckel der Teekanne trafen. Dann stellte er die Kanne hin und wischte sich die Lippen.

»Wenn das Mädchen beabsichtigt, mir Steine in den Weg zu legen«, sagte er mit lauter Stimme, »werde ich Gerechtigkeit verlangen. Sie muß sich auf die Folgen gefaßt machen, wenn sie falsche Anklagen vorbringt.«

Sein Redefluß wurde hier unterbrochen durch einen merkwürdig vorsichtigen Ausdruck in Pater O'Banions ausdrucksvollem Gesicht. Er sah, wie der Pater mit dem rechten Auge zu einem der Soldaten hinüberschielte. Dieser Bursche hatte sich so umgedreht, daß er ihnen den Rücken kehrte, und stand mit geneigtem Kopf lauschend da. Verstand er etwa Englisch? Ebenso rasch wie dieser Gedanke beiden durch den Kopf schoß, zog Hosan seine Pistole aus dem Halfter und knallte den Mann nieder. Als dieser zu Boden sank, sprang Ho-san hinzu und drückte dem Soldaten dessen eigene Pistole in die verkrampfte Hand. Dann trat er zurück.

Pater O'Banion war starr vor Entsetzen. Er wurde ganz bleich im Gesicht und stöhnte laut.

»Nun haben Sie einen Mord begangen!«

»Dieser Mann ist mir schon seit langem verdächtig«, sagte Ho-san. »Er ist von Leutnant Chung bestochen, dessen bin ich sicher. Außerdem stammt er nicht aus dieser Gegend. Einem Fremdling kann man nicht trauen.«

»Ich möchte bezweifeln, daß er Englisch verstand«, meinte Pater O'Banion traurig. »Die Wahrscheinlichkeit ist äußerst gering – eine Chance unter tausend vielleicht –, und dafür mußte er sterben.«

»Ich kann es mir nicht leisten, selbst eine Chance unter tausend zu riskieren«, erwiderte Ho-san mit seiner kalten Stimme. »Ich habe meine Feinde.«

Sie konnten das Gespräch nicht fortsetzen. Das Echo des Schusses war in alle Winkel gedrungen, und eilige Schritte kamen auf sie zu. Leutnant Chung war der erste, der sie erreichte. Er starrte auf den toten Mann hinab und trat dann vor Ho-san hin.

»Warum haben Sie einen treuen Kameraden erschossen? Tun Sie nicht so, als habe er sich selbst umgebracht!«

»Er war nicht treu«, entgegnete Ho-san. »Er war ein Verräter, ein Christ, und drohte mir mit seiner Pistole.«

Sie blickten sich haßerfüllt an. Aber Ho-sans Blick blieb fest, während Leutnant Chung die Augen senkte.

»Schaffen Sie die Leiche fort«, schrie Chung den Soldaten im Türrahmen zu.

Prompt gehorchten sie seinem Befehl, und er folgte ihnen hinaus. Pater O'Banion war wieder allein mit Ho-san. Bevor er etwas sagen konnte, sprach Ho-san auf ihn ein. »Sie sind es, die Ihren Gott um Verzeihung bitten müssen. Durch einen Blick Ihrer Augen zwangen Sie mich, einen Mann zu töten! Schieben Sie die Schuld nicht mir in die Schuhe.«

»Ich konnte doch nicht ahnen, daß Sie ihn töten würden«, entgegnete Pater O'Banion. »Sie müssen es wieder gutmachen, Ho-san. Die Toten können Sie zwar nicht wieder zum Leben erwecken, aber Sie können wenigstens ein Unrecht, das Sie begangen haben, ausmerzen. Sie können Ihren Sohn anerkennen und seine Mutter heiraten. Ich selbst will Sie zu ihr führen.«

Ho-san konnte es anscheinend nicht übers Herz bringen, dem fremden Priester zu gehorchen. Er schob die Unterlippe vor, runzelte die Stirn und räusperte sich. Ruhelos wanderte er auf dem Backsteinboden hin und her und starrte durch die schmutzigen Fensterscheiben. Als er sich schließlich wieder dem Priester zuwandte, sprach er mit einer gewissen Wichtigkeit.

»Wenn ich mitgehe, so geschieht es nicht, um Ihnen oder gar mir selbst einen Gefallen zu tun, sondern um Ihnen zu beweisen, daß ich ein gerechter Mann bin.«

Diese Worte brachte er mit seiner lauten Amtsstimme hervor. Plötzlich aber lächelte er den Priester warm an, fast als ob sie ein Geheimnis miteinander teilten.

»Ich werde mir das Kind ansehen und mich selbst davon überzeugen, ob es blaue oder schwarze Augen hat. Wenn sie blau sind – nun, was wird das verkünden? Daß mehr vom Manne in Ihnen steckt, als Sie glauben!«

Wer konnte diesem Menschen widerstehen! Pater O'Banion gewiß nicht. Lachend streckte er die Hand aus, die Ho-san ergriff. Dann kehrte die Erinnerung zurück. Ho-sans Hand war ja die Hand eines Mörders. Ach, es war schwierig, die Seele dieses Mannes zu retten! Aber irgendwie mußte dieses Werk vollbracht werden.

»ICH WERDE HO-SAN nur empfangen, wenn Sie dauernd zugegen sind, geistlicher Vater«, erklärte Siulan.

Sie saß in ihrem kleinen Zimmer und wiegte das Kind in ihren Armen.

»Es schickt sich nicht für mich, dabeizusein«, behauptete Pater O'Banion.

»Dann schickt es sich auch nicht für mich, ihn zu sehen«, erwiderte sie resolut.

Er kannte nur zu gut den eigensinnigen Zug um ihren süßen Mund und den dunklen Blick in ihren lieblichen Augen. Er seufzte.

»Warum soll ich eigentlich Amor spielen?«

»Wer ist Amor?« fragte sie.

»Ein kleiner Heidengott«, erwiderte er. »Ein Kind wie das kleine Wesen, das du in deinen Armen hältst.«

Sie war abgelenkt und entzückt. »Sie glauben also, mein Sohn hat Ähnlichkeit mit einem Gott?«

»Er soll auch Amors Aufgabe übernehmen«, meinte Pater O'Banion.

»Und worin besteht diese Aufgabe?« erkundigte sich Siu-lan.

»Er soll Mann und Frau in Liebe zusammenführen«, lautete die Antwort.

Siu-lan lachte. »Wie macht er das?«

»Gewöhnlich mit einem kleinen Pfeil und Bogen«, erläuterte Pater O'Banion. »Damit heftet er die beiden Herzen zusammen.«

Nach diesem scherzhaften Geplänkel holte er Hosan ins Zimmer. Sofort erlosch Siu-lans Lächeln. Sie erhob sich und verbarg das Gesicht des Kindes an ihrer Schulter. Der Mann und die Frau blickten sich über den Kopf des Jungen hinweg in die Augen. Es war ein zweifelnder, ängstlicher, fragender Blick. Sie vergaßen alles außer der Tatsache, daß sie sich gegenüberstanden. Waren sie Feinde oder Freunde? Diese Frage richtete stillschweigend der eine an den anderen, und Pater O'Banion, der das sah, entfernte sich leise, ohne daß sie es merkten.

»Zeig mir das Kind.« Mit diesen Worten brach Ho-san das Schweigen.

Sie kehrte sich von ihm ab, so daß er jetzt über ihre Schulter hinweg in das Gesicht des Kindes blickte.

»Schwarze Augen«, murmelte er.

»Hast du eine andere Farbe erwartet?« fragte sie, ohne sich umzudrehen.

»Nein«, erwiderte er. »Nein, eigentlich nicht.«

»Na, also.«

Wieder entstand ein Schweigen. Das Kind blickte nachdenklich den großen jungen Mann an. Und im Herzen dieses Mannes wallten neue Gefühle auf, als er in das runde, unschuldige Gesichtchen hinabstarrte. Hier war ein schönes Kind, auf das jeder Mann stolz sein konnte, ganz gleich, unter welchen Umständen es gezeugt worden war. Ho-san sprach, und seine Stimme klang leise und unsicher.

»Was ich – was geschehen ist, es war nicht so, wie es hätte sein sollen. Das gebe ich zu – « Er brach ab und fuhr dann fort, wobei er versuchte, fest und brüsk zu sein. Aber er geriet wieder ins Stammeln und mußte aufhören, weil sein Mund wie ausgedörrt war.

»Wenn ich die Wahrheit gestehen soll – die Sache lag nämlich so – nun, ich wurde damals auf einmal ganz verrückt, als ich dich im Zimmer eines Mannes sah.«

»Es war kein Mann«, murmelte Siu-lan undeutlich. »Nur ein Priester.«

»Aber mit dem Körper eines Mannes«, fügte Ho-san störrisch hinzu. »Und ich dachte – nun, ich hatte dich nicht vergessen können seit dem ersten Augenblick, als du zu mir ins Büro kamst und mich um Erlaubnis batest, ins Pfarrhaus gehen zu dürfen. Erinnerst du dich noch?«

»Ja«, antwortete sie, ohne sich nach ihm umzuwenden.

»Hast du dich jemals gefragt, warum ich dir die Erlaubnis erteilte, wenn ich sie allen anderen verweigerte?«

»Wie konnte ich wissen, was du anderen verweigertest?«

»Ich will es dir sagen – will es dir jetzt sagen«, fuhr er fort. »Ich gab dir die Erlaubnis, weil ich – weil ich dann erfahren konnte, wer du warst, und wußte, wo du dich aufhieltest. Aber du folgtest dem jungen Priester – und ich hätte ihn am liebsten getötet.«

»Ich folge ihm nicht mehr«, sagte sie mit leiser Stimme.

»Weil er es dir verbietet, oder weil du es selbst nicht mehr wünschst?«

»Er verbietet es, und ich habe auch selbst kein Verlangen mehr.«

Noch immer kehrte Siu-lan ihm den Rücken zu, und Vater und Sohn blickten sich weiterhin gegenseitig in die Augen.

Ho-san nahm einen neuen Anlauf. Sein Mund war plötzlich wieder trocken.

»Wenn ich – wenn es anders geschehen wäre, dann wäre in diesem Augenblick vielleicht alles besser, als – es sein kann.«

»Bestie – « sagte Siu-lan mit schwacher Stimme und ließ den Kopf sinken. »Wenn ich daran denke – nein, ich kann es nicht. Du warst – eine Bestie.«

»Sag das nicht«, bat Ho-san hastig. »Verzeihe mir.«

Das machte sie zornig, aber nicht zornig genug, um ihn dabei anzusehen. »Und ich sage es doch! Du warst wie ein – ein – rasender Bulle. Wie kann ich dir verzeihen? Ich will es nicht! Ich kann es nicht! Keine Frau brächte das fertig!«

»Schimpfe mich nicht einen – einen Bullen«, bat er. Das kleine Gesicht, das über ihre hübsche Schulter lugte, machte ihn ganz schwach. »Ich versichere dir«, fuhr er fort. »Ich verspreche dir – «

»Es war keine Art und Weise, sich einer Frau zu nähern«, erklärte sie.

»Das war es auch nicht«, gab er zu. Er sehnte sich danach, seinen Sohn im Arm zu halten, und trat einen Schritt näher. Sie wich einen Schritt zurück. Er folgte.

»Gleich stehst du an der Wand«, sagte er. »Dann wirst du dich umdrehen müssen.«

»Das werde ich nicht tun.«

»Dann muß ich mit dem Kinde reden anstatt mit dir. Ich muß dir sagen, mein – mein Sohn, es tut mir aufrichtig leid, daß ich dich auf so stürmische Art und Weise gezeugt habe. Das nächste Mal, sage deiner Mutter, werde ich es mit Betteln, Schmeicheln und Überredungskünsten versuchen – «

»Es gibt kein nächstes Mal«, unterbrach ihn Siulan.

Sie stand jetzt an der Wand. Weiter ging es nicht. Sie konnte nicht entrinnen und stampfte ärgerlich mit dem Fuß auf. »Geh fort!« rief sie. »Wie kannst du mich so an die Wand drängen?«

»Du drängst dich selbst an die Wand«, sagte er.

Dann streckte er die Arme aus und stemmte seine Hände zu beiden Seiten von ihr gegen die Wand. »Und jetzt bist du gefangen – «

Was dann geschehen wäre, kann niemand sagen; denn in diesem Augenblick kehrte Pater O'Banion mit zwei älteren Chinesen – einem Mann und einer Frau – zurück.

»Ho-san«, rief die Frau, »was machst du denn da?«

Ho-san trat hastig zurück. Er kannte den Klang dieser Stimme nur zu gut. Es war seine Mutter.

»Was machst du da, mein Sohn?« fragte sein Vater ebenfalls.

Wie konnte er das erklären? Er wußte es ja selber nicht. Er blickte seinen Vater an, einen sanften alten Mann in einem langen Gewand aus verblichener blauer Baumwolle, und sah das runzelige braune Gesicht, die kleinen gütigen Augen, den spärlichen kleinen Bart. Ein warmes Gefühl durchflutete ihn. Sein Vater! Erst jetzt liebte er seinen Vater; jetzt, wo er selbst Vater war.

»Warum habt ihr mich auf der Straße zurückgelassen?« Die Worte brachen aus der Tiefe seines Herzens hervor – ein lange zurückgedämmter Schrei.

Der alte Mann blickte ganz verwirrt drein. »Glaubst du etwa, wir hätten dich verlassen?«

»Ihr seid ohne mich fortgegangen!«

»Wir sind umgekehrt und haben überall nach dir gesucht.«

Vater und Sohn konnten sich endlich aussprechen. Der alte Mann sank auf einen Schemel. »Und in all diesen Jahren hast du geglaubt, daß wir dich los sein wollten! Mein Sohn – mein Sohn – «

Er wandte sich an seine Frau, die inzwischen ihren Enkel auf den Arm genommen hatte und verzückt in sein Gesicht blickte.

»Mutter meines Sohnes«, sagte der Alte, »er nimmt an, wir hätten ihn auf der Straße zurückgelassen, weil wir ihn nicht haben wollten!«

Ho-san sah den ungläubigen Ausdruck in den Augen seiner Mutter. Sie war eine kleine Frau; ihr weißes Haar war aus einem dünnen, müden Gesicht zurückgekämmt.

»Ho-san, so grausam kannst du doch nicht sein!« rief sie. »Wir, deine Eltern! Wie hätten wir dich im Stich lassen können! Sieh dir doch diesen Kleinen an! Der gute Priester sagt, du bist sein Vater. Ich glaube es ihm. Er sieht genauso aus, wie du bei deiner Geburt ausgesehen hast. Diese großen Augen, dieses runde Gesicht! Dein Sohn! Könntest du ihn am Straßenrand zurücklassen? Nein – nein – es herrschte eine Hungersnot, als wir dich verloren. Die Menschen strömten zu Tausenden aus dem Norden. Es war ein solches Gedränge – alles schob und drückte. Du liefst so gern voran, um dir deinen eigenen Weg zu bahnen – da bist du uns abhanden gekommen – ich dachte, ich würde vor Kummer sterben. Als man mir etwas zu essen gab, konnte ich keinen Bissen hinunterwürgen – überall habe ich dich gesucht – «

Sie drückte das Baby an sich, während ihr die Tränen über die Wangen strömten, und das Kind fing ebenfalls an zu weinen. Und dieses Weinen konnte Ho-san plötzlich nicht ertragen. Es schnitt ihm ins Herz. Mit gerunzelter Stirn wandte er sich an Siu-lan.

»Hörst du es denn nicht?« sagte er barsch. »Das Kind weint. Wie kommt es, daß du gar nichts tust, um es zu trösten?«

Siu-lan nahm das Kind aus den Armen der alten Frau und versuchte es zu beruhigen, aber es schrie nur noch lauter. Sie konnte nichts mit ihm anfangen.

»Du hältst ihn nicht richtig«, meinte Ho-san.

»Dann halte ihn doch selbst«, rief Siu-lan, und in dieser kleinen zornigen Aufwallung schob sie ihm das Kind in die Arme.

Wer kann die Vorgänge in einem Menschenherzen verstehen? Als das Kind aufblickte und das Gesicht des Mannes über sich sah, hörte es auf zu weinen, und ein nachdenkliches Staunen trat in seine Augen. Und der völlig überraschte Ho-san blickte verzückt in die Augen seines Sohnes.

»Wie ähnlich sich die beiden sehen!« murmelte seine alte Mutter.

Ihre Stimme rief ihn wieder in die Wirklichkeit zurück. Er blickte auf und sah, daß alle ihn beobachteten, seine Eltern, Siu-lan, Pater O'Banion. In ihren Augen entdeckte er überall denselben Blick:

Besorgnis, Freude, Liebe. Wie konnte er sich gegen sie behaupten? Er zauderte, dann wählte er die Flucht. Er drückte Siu-lan das Baby in die Arme und hastete mit langen Schritten aus dem Zimmer.

DOCH WIE KANN jemand vor sich selber fliehen? Bis tief in die Nacht hinein dachte Ho-san über seine Lage nach. Er saß allein in seinem Zimmer und hatte die Tür vor allen anderen verriegelt. Es war der Raum eines Soldaten, aber gleichzeitig der Raum eines studienbeflissenen Mannes. Ho-san hatte viel von Monsignore gelernt. Er hatte gelernt, Bücher mit Genuß zu lesen und das erworbene Wissen anzuwenden. Vor allem aber hatte er sich die Gewohnheit der Selbstprüfung angeeignet. Der kommunistischen Partei war er nicht aus oberflächlichen oder egoistischen Gründen beigetreten, sondern aus Überzeugung. Er hatte geglaubt, daß die Kommunisten schneller herbeiführen würden, was die Kirche so langsam anstrebte – eine Welt, in der die Menschen gut, selbstlos und in brüderlicher Liebe einander zugetan waren, eine Welt, in der alle genug zu essen hatten, die Kranken geheilt und die Kinder unterrichtet wurden.

Er hatte sich geweigert, zu glauben, daß alle diese Ideale zerronnen sein sollten. Auf seiner sturen Jagd nach dem, was er für richtig hielt, hatte er sich selbst getäuscht, indem er sich einredete, daß Korruption nur eine vorübergehende Erscheinung und

Tyrannei nur eine notwendige Disziplin für die Undisziplinierten und Unwissenden sei. In seinem Eifer hatte er die Macht der Liebe vergessen. Vielleicht hatte er nie jemanden wirklich geliebt. Vielleicht konnte ein Mann erst dann andere lieben, wenn in seinem Herzen die Liebe zu seinen eigenen Angehörigen geweckt war – Eltern, Frau und Kind, die er bisher nicht gehabt hatte. Sein Verstand und seine Seele waren jetzt völlig verwirrt. Hatte er eine falsche Wahl getroffen?

Bis tief in die Nacht hinein quälte er sich mit solchen Fragen. Er konnte sie nicht beantworten. An wen sollte er sich nur wenden? Nicht an Monsignore, dessen Verstand zwar scharf genug war, aber – nein, nicht an Monsignore Fitzgibbon. Er brauchte jemanden, der mit dem Herzen fühlte, der neben der Weisheit der Gedanken auch die Weisheit der Liebe besaß. Gleichsam als Antwort auf seine Frage sah er plötzlich das schlichte Gesicht von Pater O'Banion vor sich, das Gesicht dieses einfachen Mannes, dieses gütigen Menschen. Ja, Pater O'Banion! Er schlug an einen kleinen Messinggong, der auf seinem Tisch stand. Sein Diener kam verschlafen aus dem Nebenzimmer – ein treuer alter Mann, auf den er sich verlassen konnte, kein Soldat.

»Holen Sie mir den jungen fremden Priester«, befahl er. »Sagen Sie ihm, ich fühle mich wieder nicht gut. Und bringen Sie ihn durch den Geheimgang und nicht durch die Haustür.«

Der Mann trabte davon, und Ho-san ging wartend auf und ab. Die Hände auf dem Rücken verschränkt, den Kopf gesenkt, schritt er in unruhiger Erwartung hin und her. Im Geist sah er das Gesicht seines Kindes, das er unwissentlich und zu Unrecht gezeugt hatte und dem er daher sehr viel schuldete, auch eine Abbitte dafür, daß er es in diese unruhige Welt gebracht hatte. Doch wie kann ein Vater den Sohn, den er ins Leben gerufen hat, entschädigen? Unter solchen Betrachtungen verging die Zeit.

»Hier bin ich«, sagte Pater O'Banion, als er in die Tür trat.

Ho-san blieb stehen. »Es ist sehr freundlich von Ihnen. Treten Sie ein. Nehmen Sie Platz und trinken Sie eine Schale heißen Tee.«

Er nahm die Teekanne aus dem gefütterten Korb, der auf dem Tisch stand, und schenkte zwei Schalen ein. Pater O'Banion setzte sich hin und hob die Schale mit beiden Händen.

»Vielen Dank«, sagte er.

Ho-san ließ seinen Blick durch das ruhige Zimmer gleiten, während er seinen Tee trank. Wie sollte er anfangen? Die Nacht war weich und dunkel. Das Licht der langen roten chinesischen Kerzen warf tanzende Schatten auf die Fensterscheiben. Über ihnen leuchteten in der Finsternis des hohen Daches die schweren vergoldeten Holzbalken, die noch aus der Zeit stammten, als dieser Raum zu einem Tempel gehörte.

»Ich habe Sorgen«, sagte Ho-san schließlich.

»Erzählen Sie mir davon«, schlug Pater O'Banion vor.

»Diese – diese – Mutter meines Sohnes«, begann Ho-san und hielt inne. Wie konnte er fortfahren? Wie soll sich ein Mann ausdrücken, wenn er spürt, daß die Liebe zu einer Frau in ihm aufkeimt, und ihm bei diesem Gefühl nicht so ganz geheuer ist?

»Eine gute junge Frau«, bemerkte Pater O'Banion aufmunternd.

»Kennen Sie sie schon lange?« erkundigte sich Ho-san. Alles, um die Enthüllung des Geheimnisses hinauszuschieben!

»Lange genug, um zu wissen, daß sie gut und treu ist«, erwiderte Pater O'Banion.

»Sie haßt mich«, erklärte Ho-san unvermittelt.

»Das glaube ich nicht«, sagte Pater O'Banion sehr sanft und lächelte.

Ho-san ließ sich nicht davon abbringen. »Doch, sie haßt mich, und auch mit Recht.«

»Haß läßt sich stets durch Liebe überwinden«, meinte Pater O'Banion.

Ho-san überlegte eine Weile. Dann warf er dem Priester einen scharfen Blick zu. »Glauben Sie, daß dies auch auf meinen Fall zutrifft?«

»Gewiß«, erwiderte Pater O'Banion. »Dieses Gesetz findet nicht nur in der Religion, sondern auch im Leben Anwendung.«

Ho-san trank seinen Tee aus und setzte die leere Schale auf den Tisch. »Ich muß eine Entscheidung treffen«, sagte er und schwieg dann so lange, daß Pater O'Banion ihm erneut zuredete.

»In diese Lage kommt jeder von uns einmal.«

»Ich weiß nicht, wie ich mich entscheiden soll.«

»Vielleicht sagen Sie mir, worum es sich handelt«, forderte ihn Pater O'Banion auf.

Ho-san wandte sich ihm impulsiv zu. »Ich weiß, daß ich morgen von höherer Stelle den Befehl erhalte, mit meinen Leuten weiter nach Süden vorzurücken, und ich vermute, daß einer meiner Feinde unseren Führer auf diesen Gedanken gebracht hat. Ich habe Chung, meinen eigenen Leutnant, in Verdacht. Er ist auf mich eifersüchtig und möchte mich gern vernichten. Deshalb – «

»Deshalb müssen Sie sich entscheiden, ob Sie gehen – oder bleiben wollen«, ergänzte Pater O'Banion.

»Bleiben kann ich nicht«, erwiderte Ho-san mit leiser Stimme und lehnte sich über den Tisch. »Wenn ich mich entscheide, dem Befehl nicht zu gehorchen, muß ich fliehen... Ich weiß nicht, was mir widerfahren ist. Vor wenigen Tagen noch hätte ich mich über diesen Befehl, über die neuen Aufgaben gefreut. Ich besitze nämlich großen Diensteifer.«

»Das weiß ich«, sagte Pater O'Banion sanft. »Aus diesem Grunde kann ich Sie auch nicht für schlecht halten – ich habe nie geglaubt, daß Sie böse Absichten hatten, selbst nicht, als Sie töteten –, ich wußte, daß es nicht aus Lust zum Töten geschah.«

Verdutzt über seine eigenen Gedanken, hielt er inne und fuhr dann fort: »Töten ist und bleibt eine

Sünde: Aber ich kann verstehen, Ho-san, daß Sie in Ihrer seltsamen, schrecklichen Welt es irgendwie für – notwendig halten mochten.«

»Es war notwendig«, erklärte Ho-san. Nach einer kurzen Pause der Überlegung fuhr er fort: »Muß es aber notwendig sein? Ist meine Welt – falsch?«

Er sah den Priester fragend, fast demütig an.

»Diese Frage müssen Sie sich selbst beantworten«, erwiderte Pater O'Banion. »Ich kann Ihnen nur sagen, daß es in meiner Welt nicht notwendig ist; mehr als das – es ist unmöglich.«

Ho-san hörte aufmerksam zu und fuhr dann fort, seine eigenen Gedanken und Gefühle zum Ausdruck zu bringen.

»Vor kurzem hätte ich noch gesagt, daß ich keine Liebe empfinden könne, daß ich keine Liebe empfinden wolle, daß Liebe etwas Böses sei, weil sie einen Mann zwingt, an eine Person, ein Individuum in Beziehung zu sich selbst zu denken... Aber – «

Er seufzte und rieb sich wehmütig den kurzgeschorenen Kopf. »Alles hat sich geändert. Ich habe einen Sohn gezeugt. Und da ist seine Mutter... Und meine alten Eltern. Sie haben selbst gehört, wie sie sagten, daß sie mich nicht absichtlich zurückgelassen haben. Ich war einfach abhanden gekommen. Nun, jetzt bin ich wiedergefunden. Ich fühle mich zu ihnen gehörig. Bisher habe ich keine Liebe für sie aufkommen lassen, weil ich dachte, sie hätten mich nicht gesucht.«

»Das haben sie Ihnen aber gewiß schon früher

gesagt«, wandte Pater O'Banion ein. »Zumindest muß Monsignore es erwähnt haben.«

»Monsignore hat nichts davon gesagt. Vieles hat er mir erzählt und mich gelehrt, aber er hat nicht erwähnt, daß meine Eltern mich lieben... Und soll ich dieses alles nun achtlos beiseite werfen? Wenn ich diesem Befehl Folge leiste und in eine andere Gegend ziehe, verlasse ich da nicht meine Eltern und meinen eigenen Sohn und – und – «

»Und das Mädchen, das in Wirklichkeit Ihre Frau ist«, ergänzte Pater O'Banion.

»Ganz recht«, bekräftigte Ho-san.

Sie schwiegen eine Weile, während jeder seinen Gedanken nachhing. Dann sprach Pater O'Banion wieder. »Vielleicht können Sie sich nicht entscheiden, weil es Ihnen unmöglich ist. Vielleicht ist Ihr Denken durch die tyrannische Disziplin so gestaltet und so geschwächt, daß Sie sich nicht mehr davon freimachen können. Ihr Herz gehört immer noch der Partei und nicht Ihnen selbst.«

Ho-san blickte ihn über den Tisch hinweg an. »Wie klug Sie sind! Wie gut Sie das erraten haben! Sie haben recht. Es dreht sich nicht nur um die anderen. Es geht in erster Linie um mich selbst. Kann ich mich freimachen? Wenn nicht, wie kann ich andere befreien? Selbst wenn ich mit ihnen fliehe, kann ich allem wirklich entrinnen? Oder muß ich meine knechtischen Gedanken mit mir herumschleppen? Das ist die eigentliche Frage.«

»Nur Sie können diese Frage beantworten«, sagte Pater O'Banion.

»Selbst ich vermag das nicht«, bekannte Ho-san mit gerunzelter Stirn. »Aber vielleicht ist es auch nicht erforderlich, die Frage sofort zu beantworten. Zunächst einmal kann ich meinen eigenen Leutnant und die Leute, mit denen er sich gegen mich verschwört, überlisten.«

Eine Weile saß er sinnend da, während er mit den Fingern auf den Tisch trommelte und offenbar Pläne schmiedete. Plötzlich schlug er mit der geballten Hand auf den Tisch. Dann lehnte er sich vor und flüsterte auf englisch: »Wir fliehen alle miteinander!«

»Wie können wir entfliehen?« fragte Pater O'Banion seufzend in derselben Sprache. »Wir sind auf allen Seiten von Feinden umringt.«

»Ich weiß einen Ausweg«, versicherte ihm Ho-san, und indem er sich noch weiter vorbeugte, flüsterte er in Pater O'Banions erschrockene Ohren einen tollen, verwegenen Plan, der bei seinen Worten allmählich Gestalt annahm. »In der Stadt Tan Yang, hundert Kilometer südlich von hier, lebt ein amerikanischer Missionar. Ich werde morgen eine Verhandlung für ihn anberaumen. Und ich werde auch ankündigen, daß Sie und Monsignore ebenfalls einem Verhör unterzogen werden sollen, einem endgültigen Verhör, bei dem es um Leben und Tod geht. Ich werde anordnen, daß Sie in der Arche Noah in die Stadt fahren sollen. Sie werden Ihre Dienstboten mitnehmen – mit anderen Worten: meine Eltern, die Mutter meines Sohnes und meinen Sohn – und morgen früh aufbrechen. Ich werde in meinem großen amerikanischen Wagen nachkommen, und meine Leute werden in Militärwagen folgen. Wenn ich Sie einhole, werden Sie sagen, daß die Arche Noah außer Betrieb ist – «

»Das ist sehr leicht möglich«, murmelte Pater O'Banion.

»Dann werde ich befehlen, daß mein Wagen Ihr Auto abschleppen muß, damit wir rechtzeitig zum Verhör in der Stadt sind.«

Er ließ eine Pause eintreten.

»Und dann?« fragte Pater O'Banion.

»Das genügt vorläufig«, meinte Ho-san. »Das andere wird sich finden.«

Der alte Diener schlüpfte durch eine Seitentür herein.

»Ehrenwerter«, flüsterte er, »der Morgen dämmert schon.«

Ho-san war bestürzt. »Ist die Nacht so schnell vergangen? Gehen Sie in Ihr Quartier zurück, Pater. Sie wissen, was Sie zu tun haben. Meine Feinde können mich nicht eines Mangels an Eifer beschuldigen, wenn ich morgen das Verhör dreier amerikanischer Spione ankündige.«

UM DIE MITTAGSSTUNDE des nächsten Tages rollten sie auf einer holperigen Straße dahin. Es war sehr heiß. Seit einer Stunde schon hatte Pater O'Banion gehofft, die Staubwolke zu sehen, die ankündigte, daß Ho-san und seine Leute im Anzug waren. Alle saßen sie in der Arche Noah, und das Baby schrie. Monsignore war in gereizter Stimmung und bekrittelte ständig die Fahrweise seines Kollegen.

»Sie hätten nie auf diesen Taugenichts Ho-san hören sollen«, schalt Monsignore vorne im Wagen.

»Ich habe gelernt, daß es besser ist, wenn ich meinen Vorgesetzten gehorche«, erwiderte Pater O'Banion in mildem Ton.

»Keine Teestube in Sicht«, fuhr Monsignore fort, »und ich bin so ausgedörrt, daß mich der nächste Windstoß wegbläst.«

Es lag Pater O'Banion auf der Zunge, zu sagen: »Und ich hätte wirklich nichts dagegen.« Er bezähmte sich jedoch und machte statt dessen eine Bemerkung, um seinen Vorgesetzten etwas abzulenken. »Ich bin froh, daß ich den Esel Thomas dem Torwächter gegeben habe, für den Fall, daß wir nicht zurückkehren sollten.«

»Was veranlaßt Sie zu dieser Vermutung?« fragte Monsignore, bereit, einen neuen Streit vom Zaune zu brechen.

»Es ist immer möglich in dieser seltsamen Welt«, erwiderte Pater O'Banion mit rätselhafter Miene.

Er dachte für einen Augenblick mit zärtlichen Gefühlen an Thomas. Der Esel war fett geworden in all diesen Monaten der Muße, in denen er sich an dem frischen Gras gütlich tun konnte. Im letzten Augenblick hatte Pater O'Banion ihn noch mit einem groben Bambuskamm gestriegelt und ihm etwas Hafermehl zu fressen gegeben, das in einem Karton in der Küche übriggeblieben war.

»Leb wohl, du Lausbub«, hatte er gemurmelt. »Wir haben manchen Spaß miteinander gehabt, wenn du mir auch oft in den Reisfeldern ein Schnippchen geschlagen hast. Und ich wollte, die alten Tage wären wieder da – «

Doch die alten Tage konnten nie wiederkehren, so sehr er sie auch herbeisehnen mochte. Thomas schien das zu wissen, denn er hob den Kopf, zeigte seine Zähne, als ob er lachte, und stieß sein höhnisches I-a aus.

»Ich weiß, ich weiß«, hatte Pater O'Banion gemurmelt. »Du brauchst es mir nicht mit Pauken und Trompeten einzutrichtern.«

In diesem Augenblick blieb die Arche Noah endgültig stehen. Eine Rauchwolke strömte aus dem Auspuffrohr; der Motor ächzte und starb ab.

»Hier sitzen wir nun bis in alle Ewigkeit«, knurrte Monsignore.

»Geduld!« mahnte Pater O'Banion. »Ich glaube, sie kommen.«

Er drehte sich um und starrte angestrengt in die Ferne.

»Ich sehe sie«, sagte Siu-lan, die ihr Kind im Arm hielt.

Den ganzen Tag hindurch war sie nachdenklich und schweigsam gewesen. Pater O'Banion hatte ihr von dem Plan erzählt, und sie war von Furcht und Hoffnung zugleich erfüllt. Ein wilder Plan in ihren Augen, aber Ho-san hatte etwas an sich, das in ihr den Glauben erweckte, er könne alles ausführen, was er sich vornahm. Sie waren nicht wieder zusammengetroffen, aber irgendwie glaubte sie an ihn. Glaube ist zwar keine Liebe, aber vielleicht führte er dazu.

Bald war es deutlich zu sehen, daß Ho-san sich näherte, und zwar mit großer Geschwindigkeit. In wenigen Minuten hielt der hochtourige amerikanische Wagen neben ihnen, und Ho-san beugte sich aus dem Fond, wo er in majestätischer Einsamkeit thronte.

»Warum halten Sie?« schnauzte er.

»Der alte Wagen will nicht mehr«, rief Pater O'Banion ebenso laut.

Ho-san runzelte die Stirn. »Das Verhör ist auf drei Uhr angesetzt. Sie dürfen sich nicht verspäten!«

Er spitzte die Lippen und schien zu überlegen. Dann wandte er sich an seinen Fahrer.

»Steigen Sie aus und ketten Sie die alte Karre an diesen Wagen. Wir wollen weiterfahren.«

Mittlerweile waren die Offiziere und Soldaten von Ho-sans Regiment von ihren Autos heruntergeklettert und drängten sich um die Arche Noah, jeder mit einem besonderen Ratschlag. Ho-san ging nicht darauf ein.

»Der alte Wagen ist wertlos«, erklärte er. »Es liegt nicht am Benzin oder an einem Motorschaden, der schnell behoben werden kann. Wir haben keine Zeit, uns näher damit zu befassen. Tun Sie, was ich befohlen habe.«

Er wandte sich an seinen Leutnant Chung Ren. »Führen Sie die Leute in die Stadt. Ich treffe Sie dort in zwei Stunden.«

Es blieb Chung Ren nichts anderes übrig als zu gehorchen. Er salutierte und befahl den Männern, die beiden Wagen zum Abschleppen bereitzumachen. Sobald dies geschehen war, kletterten sie wieder in die Autos und fuhren davon.

»Nun«, sagte Ho-san zu Pater O'Banion mit geheimnisvoller Miene, »sind wir auf dem Wege, und alles ist gut.« Er stieg in seinen Wagen, und sie setzten sich wieder in Bewegung.

Bald schaukelten sie auf der holperigen Landstraße dahin, in dichte Staubwolken gehüllt, die von den vor ihnen herfahrenden Lastwagen aufgewirbelt wurden.

»Wir können uns glücklich schätzen«, flüsterte Siu-lan den alten Eltern zu. »Ho-san wird dafür sorgen, daß uns jetzt nichts mehr zustößt.«

Pater O'Banion war nicht so heiter, als sie immer mehr hinter den anderen Wagen zurückblieben. Wie stand es um den Soldaten, der den Wagen fuhr? Er war ein aufgeweckter junger Mann. Würde er die Flucht zulassen? Was würde Ho-san tun?

Er brauchte nicht lange auf Ho-sans Lösung zu warten. Etwa fünfzig Kilometer zwischen ihnen und der Stadt Tan Yang stand ein Berg, ein hoher Berg. Die Straße wand sich in engen und gefährlichen Kurven um seine Flanken und führte stellenweise an steilen Klippen vorbei, wo in der Tiefe ein grüner Fluß über Felsgeröll dahinbrauste. Ihr Tempo verlangsamte sich. Der Fahrer geriet mit Ho-san in eine Debatte, und der Wagen wurde zum Halten gebracht.

Ho-san stieg aus und kam zur Arche Noah.

»Aussteigen, alle miteinander!« befahl er. »Es ist zu gefährlich und dauert zu lange, wenn wir diese Maschine die Bergstraße hinaufschleppen. Die Kurven sind scharf. Steigen Sie in den anderen Wagen.«

Sie gehorchten, und Ho-san und der Chauffeur lösten die Ketten, die die Arche Noah an den Wagen fesselten.

»Nun los!« sagte Ho-san zum Chauffeur. »Wir dürfen das Wrack nicht einfach stehenlassen. Es versperrt die Straße. Schieben Sie – «

Der Chauffeur schob, er selbst schob. Die Arche Noah glitt über den Rand der Straße und stürzte krachend in die Tiefe. Pater O'Banion sah es, und Monsignore beobachtete es ebenfalls. Ho-sans alte Eltern blickten nicht hin, und Siu-lan versorgte gerade das Baby. Was die Priester im nächsten Augenblick sahen, ließ sie vor Entsetzen erstarren. Ho-san gab dem Mann hinterrücks einen Stoß, so daß dieser kopfüber den Hang hinunterstürzte und mit einem lauten Klatschen unten im Fluß landete.

Ho-san zögerte keine Sekunde. Ohne den anderen einen Blick zu schenken, sprang er mit grimmigem Gesicht auf den Fahrersitz und fuhr los.

Die beiden Priester sahen sich stillschweigend an, und nach einigen Minuten begann Ho-san mit lauter Stimme zu sprechen.

»Wir sind in Sicherheit, Monsignore! Nun kann ich es Ihnen ja verraten, Monsignore, daß wir auf der Flucht sind! Wir sind gerettet, Pater O'Banion! Wir werden über die Grenze fahren – es sind weniger als dreihundert Kilometer von hier bis Hongkong. Habe ich es Ihnen nicht gesagt, Pater? Habe ich nicht gesagt, daß ich meine Kameraden überlisten könne? Sie fürchteten sich vor ihnen, wie? Ich fürchte mich vor niemandem... Ich werde die Mutter meines Sohnes heiraten, und mein Sohn wird meinen Namen tragen. Meine Eltern, mein Sohn und ich –«

Monsignore Fitzgibbon war entsetzt. Die Augen traten ihm fast aus dem Kopf, als er sich dies alles anhörte. Plötzlich stieß er einen Schrei aus.

»Ho-san! Schau mal! Ich sehe etwas am Horizont! Du bist doch nicht so schlau, wie du denkst.«

Alle drehten den Kopf, um zu sehen, was er meinte. Am Horizont zeigte sich tatsächlich etwas wie ein Vogel, wie ein großer Vogel. Es eilte durch die Bläue des Himmels auf sie zu. Ho-san blickte in den Spiegel, der draußen an seinem Fenster angebracht war, und beschleunigte das Tempo.

»Ein Helikopter«, stöhnte er. »Sie haben mich geschnappt! Man hat Verdacht geschöpft.«

Er ließ den Wagen auf Hochtouren laufen. Aber es war hoffnungslos – er konnte kein Wettrennen mit der Maschine da oben am Himmel veranstalten. Er brachte den Wagen plötzlich zum Stehen und wandte sich an Pater O'Banion, der neben ihm saß.

»Hochwürden«, flehte er ihn an. »Retten Sie meinen Sohn. Für mich gibt es kein Entrinnen. Ich bin nicht zu retten. Es ist zu spät. Aber Sie können meinen Sohn retten. Er darf nicht in die Hände meiner Feinde fallen.«

»Wie kann ich ihn denn retten?« fragte Pater O'Banion besorgt.

»Hören Sie zu«, sagte Ho-san eindringlich. »Hören Sie gut zu, und befolgen Sie meine Anweisungen. Sie steigen jetzt alle aus und verstecken sich in diesem Bambushain, aber ich fahre weiter. Man wird mich gefangennehmen und vor ein Kriegsgericht stellen. Halten Sie sich eine Stunde lang im Gehölz verborgen. Dann eilen Sie zum Wagen und fahren mit höchster Geschwindigkeit über die Grenze. Bei Anbruch der Nacht werden Sie am Ziel sein.«

Er gebot ihnen, den Wagen zu verlassen, und sie gehorchten; seine Eltern verwirrt, aber vertrauensvoll, Siu-lan stolz und traurig.

Er geleitete sie in den nahe an der Straße gelegenen Wald. Dort nahm er Siu-lan das Kind aus den Armen und reichte es Pater O'Banion.

»Nehmen Sie meinen Sohn«, sagte er, »und taufen Sie ihn in Ihrem Glauben, aber geben Sie ihm meinen Namen.«

Dann wandte er sich an seine Eltern. »Verzeiht mir. Ich muß euch verlassen, um euch zu retten.«

Zu Siu-lan sagte er nichts, aber er sah ihr tief in die Augen. Tapfer begegnete sie seinem Blick und zwang sich zu einem Lächeln.

»Ja«, flüsterte sie. »Ja – ja – «

Er ließ seine Augen auf ihr weilen, solange es eben ging. Zu guter Letzt wandte er sich an Monsignore.

»Sie haben mich besser unterwiesen, als Sie denken«, sagte er schlicht.

Niemand vermochte ein Wort zu äußern. Sie standen zusammengedrängt auf einer Stelle und sahen zu, wie er wieder in den Wagen sprang und eilig davonfuhr. Der Hubschrauber folgte und war jetzt sehr nahe. Er kreiste über dem Wagen. Dann schoß er wie ein großer Habicht herab, und sie konnten nichts mehr sehen.

Einen Augenblick standen sie alle wie versteinert. Dann sagte Pater O'Banion leise:

»Wir wollen eine Stunde warten, und dann fahren wir weiter.«

Pearl S. Buck

Ullstein

Die gute Erde
Ullstein Buch 20705

Das Mädchen Orchidee
Ullstein Buch 23238

Und fänden die Liebe nicht
Ullstein Buch 23574

Der Regenbogen
Ullstein Buch 23637

Alle unter einem Himmel
Ullstein Buch 23706

Peony
Ullstein Buch 23734

Die beiden Schwestern
Ullstein Buch 23749

Das Mädchen von Kwangtung
Ullstein Buch 23861

Über allem die Liebe
Ullstein Buch 40146

Liebevolle Hommage an den besten Freund aus Kindertagen, bei dem unsere Geheimnisse und Sorgen gut aufgehoben sind

Eine Liebeserklärung an Teddy, den wahren Freund.

gebunden
108 Seiten mit vierfarbigen Fotos

Geschichten von kleinen Teddybären und großen Menschenkindern – zum Verschenken, Träumen und Vorlesen.

Leinen / 288 Seiten

Das kleine Geschenkbuch für große Teddybären-Freunde.

Leinen / 126 Seiten

Scherz